Lucio V. Mansilla

I0662215

Rozas

Ensayo Histórico - Psicológico

STOCKCERO

Mansilla, Lucio V.

    Rozas : ensayo histórico-psicológico. -

    1ª. ed.– Buenos Aires : Stock Cero, 2004.

    192 p. ; 23x15 cm.

    ISBN 987-1136-06-4

    1. Ensayo Histórico I. Título

    CDD A864

    Fecha de catalogación: 17-03-04

1º edición: 2004
Stockcero
ISBN Nº 987-1136-06-4
Libro de Edición Argentina.

Hecho el depósito que prevé la ley 11.723.
Printed in the United States of America.

stockcero.com
Viamonte 1592 C1055ABD
Buenos Aires Argentina
54 11 4372 9322
stockcero@stockcero.com

Lucio V. Mansilla

Rozas
Ensayo Histórico - Psicológico

Indice

Prólogo -1

Capítulo I -9
Nuestro postulado. - La familia de Rozas. - Don Léon Ortiz de Rozas y doña Agustina López de Osornio. - Su carácter. - Las familias de Rozas y Lavalle. - Peculiaridad común. - Sangre con y sin mezcla. - Anécdotas características de doña Agustina López de Osornio. - Su energía. - Don León Ortiz de Rozas no era débil. - La casa de Rozas. - Memoria que han dejado don León y doña Agustina. - La madre y el hijo mayor. - Testamento de doña Agustina

Capítulo II -21
Rozas tenía sangre azul. - Los tres hermanos Juan Manuel, Prudencio y Gervasio. - Los tenderos de antaño. - Gervasio dependiente de tienda. - Tentativa de hacerlo a Juan Manuel. - Su primera rebelión. - Huye de la casa paterna. - Rarezas de los Rozas. - Con qué bagaje llegó Rozas a conchabarse en casa de Anchorena. - El aguijón de Rozas. - El arcano de su alma. - Rozas debía ver en él. - Estudia el Diccionario de la lengua. - Dualismo y contradicción de Rozas. - Conoce su fuerza. - Es pura potencialidad.

Capítulo III -29
¿Qué es la verdad? - El ego era. - Rozas no era sensual. - Se casa. - Nadie creyó en él como su mujer. - Fue calumniada. - La prensa enemiga de Rozas. - El silencio de la prensa tiene algo de deletéreo. - Todo conspiraba en favor de Rozas. - Por qué se hundió Rivadavia. - Los titulados "gobiernos serios". - Falta de idealidad patricia. - El puerto único. - La guerra con el Brasil es un desastre. - El país se achica, todo se relaja. - Rozas ad portas. - Dorrego no

existe. - *La Magicienne.* - *Aborto inevitable.* - *Lo colorado y lo blanco, antíte- sis.*

Capítulo IV -37

¿Había feudos? - Las campañas. - Legislación teórica. - Unidad antropológi- ca. - Había servidumbre. - Una de tantas artimañas de Rozas. - Modos de ha- cer justicia. - Cosas veredes. - ¿Cuál es el mejor evangelio? - Verdadero estado de las cosas. - Rozas consagrado restaurador de las leyes. - Desinteligencia en- tre el chiripá y el frac. - Mal que resultó. - Una palabra de Sieyès.

Capítulo V -43

Veinte años después de 1810. - Se equivocan los rumbos - La expedición al de- sierto. - Fatales consecuencias. - Otra vez Rozas. - A la ley se le imputa todo. - Los que asienten y los que consienten. - Quién tiene la clave. - Los papeles privados de Rozas nada han revelado. - Lo interesante es inquirir. - Todos han derramado sangre. - El nirvana paraguayo. - Un mal gobierno no es un caso fortuito. - Voluntad y creencia.

Capítulo VI -51

¿Qué vieron los patriotas de 1810? - Españoles e ingleses en América. - Preo- cupaciones sajonas. - El latino es más humano en cierto sentido. - Repugnan- cias de ambos. - El negro en América. - El indio. - La congoja está en todos los corazones. - El hombre cosa, la encomienda. - Los jesuitas en el Paraguay. - Obra magna, o sea los sesenta y siete pueblos de Misiones. - El drama heroico de la guerra del Paraguay. - América, tierra de anomalías. - No es posible ca- llarlo. - Renace en las almas la idea de Patria.

Capítulo VII -59

Los españoles durante la guerra de la Independencia. - No eran mejores ni peores que los criollos. - Concha y Liniers. - El hecho consumado. - Todo se repite en la historia. - Los degüellos de los años 40-42. - Quiénes son los culpa- bles.- Las anécdotas en la historia. - Flaquezas humanas. - Al cuartel por la pinta. - Filosofía del hecho.

Capítulo VIII -67

Pobreza en 1810. - Civilización, cultura y progreso. - Paso de la homogenei- dad a la heterogeneidad. - Atraso del país. - Rivadavia y Dorrego dos utopistas.

- Lo que una familia necesitaba. - La higiene. - Prosopopeya de Rivadavia. - Unitarismo y federalismo. - Todo mentía, las palabras y los hechos. - Rozas naturaleza contradictoria. - Coloquio a bordo del Conflict entre Rozas y Jerónimo Costa.

Capítulo IX -73

Era tarde, los sucesos caminaban. - Campo de operaciones de Rozas - Dicho de un santafecino que pinta el estado de las almas ya. -Los caudillos principales. - Todos gritan ¡muera! - Doquier hay con quién pelear. - Se matan hombres como se matan reses. - Exaltación de las mujeres. - La uniformidad, idiosincrasia de Rozas. - La índole y medio nativos. - El gaucho se ensoberbece. - El contagio se propaga. - Efectos contraproducentes de la propaganda desde el extranjero. - Van desapareciendo los enemigos ostensibles de Rozas. - El pavor. - Se mata a la sombra y en plena luz meridiana. - Impresiones vivaces. - El alma de la plebe americana. - Influencia de la luz y de los colores sobre las pasiones argentinas.

Capítulo X -81

El idioma en crisis. - Don Pedro de Angelis, mazorquero. - Modos de expresión de los niños. - Los vivas y mueras de costumbre. - Inconsciencia de algunos gritones. - La sociedad parecía un manicomio. - Tout fini par des chanson. - Frailes repugnantes. - El retrato de Rozas en los altares. - Los jesuitas expulsados porque se resisten a ello. - Diplomacia de Rozas. - El nuncio apostólico. - Combato de Obligado. - Urquiza surgía.

Capítulo XI -87

Aislamiento de Rozas. - Su encuentro con el ministro de Chile. - La leyenda de los partidos. - El valor personal y el valor de las batallas. - El mulato Rozas. - En Palermo. - Bromas de Rozas. - Compuesto de taumaturgo y augur. - Otra vez el nuncio apostólico. - Rarezas de Rozas. - Cómo pierde el tiempo. - Rozas derrotado en Caseros, se refugia en la legación de S. M. B. - Conversación histórica. - Rozas se embarca. - Un dicho de Rivadavia.

Capítulo XII -93

Una pregunta al lector. - Lo que se entiende por individualidad. - Definición spenceriana que puede satisfacer. - Examen del asunto. -Achatamiento del pueblo. - Rozas era solo en todo caso el que gozaba. - Disyuntiva. - Factum. - Nadie atenta contra la vida del tirano. - ¿La causa? - Un problema arduo.

Capítulo XIII -99

Mezcla de ilusión y de ignorancia en Rozas. - Qué interrogaciones hay que hacerse respecto de él. - Afán del autor. - Lo que desearía. - Rozas self made man. - Qué libros tiene. - A qué aspira en los primeros años. - Qué hombre tuvo influencia sobre Rozas. - Distinción entre gobierno fuerte y un gobierno de fuerza. - Hay que penetrar en el fuero interno. - Cromwell y Rozas. - No es un hombre de acción. - Urquiza lo es. - Rozas no tuvo fe en sí mismo al principio. - Conversación con el padre del autor.

Capítulo XIV -105

El crimen de los emigrados y el de Rozas. - ¿Qué diría si resucitara? - ¿Qué dirían los emigrados? - La doctrina de Monroe y una palabra en Washington del doctor don Roque Sáenz Peña. - Monsieur Thiers en Le Constitutionnel. - Monsieur Thiers en 1840 y 1846. - Antipatía del gaucho contra el extranjero. - Fuerza de las preocupaciones. - Rozas es su representante más genuino. - ¿Puede haber en un país dos clases de naturalezas? - Lord Salisbury y un obrero inglés. - La mayoría del país estaba con Rozas. - Exageraciones en los actos y en las intenciones. - El período de las intervenciones es el más luctuoso. - Garibaldi y franceses en el Plata. - Otra vez monsieur Thiers. - Sintonías de desaliento. - La suma del poder público otorgada a Rozas. - ¿Por cuántos votos? - L'Empire c'est la paix.

Capítulo XV -113

Una ley sociológica argentina. - Es menester que la medida se colme. - El alma argentina estaba triste. - La última intervención anglo-francesa. - Fue la más contraria a los intereses nacionales. - La navegación de los ríos. - El principio de la soberanía nacional comprometido. - Consecuencias; no hay cabotaje argentino. - No hay mal que por bien no venga. - Rozas pudo conjurar los nuevos peligros. - El que persigue y el perseguido tienen su lógica. - No había necesidad de más sangre. - Rozas creyó lo contrario. - Habla él mismo desde Southampton en 1870. - Remordimientos de un hombre político. - Camila O'Gorman. - Discusión. - Rozas el hombre de su tiempo.

Capítulo XVI -121

Loqui non audeo. - Lo que debe ser un Ensayo. - Con qué criterio se han de juzgar los actos de Rozas. - El perdón como justicia. - Párrafos de Rozas referentes al asesinato del doctor Maza. - Discurriendo. - Influencia de nuestras pasiones sobre nosotros mismos. - Asesinato del presidente de la Legislatura. - Reflexiones sobre el asesinato. - Singular manera de hacer un sumario. - Inquietud de Rozas. - La traición del doctor Maza queda en la penumbra. - La virtud del silencio. - Lo inverosímil de la historia. - Sufrimientos de la conciencia. - El tiempo aclarará, puede ser, el misterio.

Capítulo XVII -129

¿Qué diferencia hay entre el mundo ideal y el mundo real? - Ultimo párrafo de la carta de Rozas; asesinato de Quiroga. - Rozas y los niños. - ¡La bendición, mi tío! - Tres regalos. - Retahíla. - ¿Cuál podía ser el propósito de Rozas? - Una rusa y un gallego. - Egoísmo y altruismo. - Admirables intuiciones: Urquiza. - La cuestión de Water Witch. - Para qué servían los tres regalos de Rozas. - Un dicho del señor don Domingo de Oro.- Hallazgo de papeles. - Sus efectos. - Dudas desvanecidas. - Lo que nos hemos preguntado. - Quiroga o sea el tigre de los Llanos. - Diderot y una moraleja. - La verdad se abrirá paso.

Capítulo XVIII -139

Propaganda de los unitarios contraria a los derechos territoriales argentinos. Su lenguaje era explícito. Las Tablas de sangre. - Exageración de sus cifras. - Mr. Thiers en la tribuna francesa. -Llama brigand a Rozas y a Buenos Aires república. - Lenguaje federal parlamentario. - La lealtad de partido. - Sentimientos que inspiraron la Marsellesa. - No se atenúan responsabilidades. - Una verdad del doctor don Lorenzo Torres. - Rozas había pensado ausentarse del país. - ¿Cuál habría sido el rumbo de las cosas? - Las almas se han transformado. - El progreso, integralidad de los individuos.

Capítulo XIX -145

Patriotismo: qué significaba según el concepto moderno. - Es un crimen que los partidos políticos se alíen con el extranjero. - Hay una ley moral para las naciones. - Esa ley rige los partidos. - Los hechos como prueba del error cometido. - La tiranía se consolidaba. - El extranjero consulta sus intereses. - Una objeción. - Rozas no estaba fuera de la ley de las naciones. - Actitud del Brasil.

- Se alía francamente con Urquiza. - La tiranía es planta parásita. - Urquiza punto de mira. - Páginas del Relatorio de Negocios extranjeros del Brasil. - Urquiza desde 1848 estaba "prometido". - Era el hombre de los emigrados. - ¡Qué les importaban los antecedentes! - Hay que ponerse en su caso.

Capítulo XX ------------------------------151

Rozas vuelve a presentar su renuncia. - No se la aceptan. - Actitud de Entre Ríos. - De pillo a pillo. - Nueva divisa de exterminio. - Corrientes se alza. - El país dividido. - Redención. - Urquiza no vacila; su marcha triunfal. - La cruzada era contra Rozas solamente - Exito de Urquiza. - Capitulación de Oribe. - Augurios fatales para Rozas. - Se prepara para resistir la invasión. - Su plan no es militar; no oye consejos de peritos. - Inacción de Rozas. - ¿Qué probaba Rozas con esa actitud? - Inquietud paralela. - ¿De qué provenía? - Síntomas. - El vocabulario reflejo de lo íntimo.

Capítulo XXI ----------------------------157

Dianas y fusilazos. - ¿Qué significaban las detonaciones? - Opresión. - Le roi est mort, vive le roi; ¡viva Rozas! ¡viva Urquiza! - Se organiza un gobierno provisorio en Buenos Aires. - Era calculado; podía satisfacer, sin embargo, dadas las circunstancias, ¿por qué? - No podía dados los antecedentes. - ¿Urquiza era consecuente con sus declaraciones, sincero? - Sospechas en uno y otro campo. - Efecto inesperado de las revoluciones. - Una imposibilidad moral. - Urquiza irreductible. - El medio ambiente. -Transformación tardía. - Torpezas e imprudencias de Urquiza. - Ironías; lo que vino era inevitable. - Revolución popular del 11 de septiembre. - Cada cual por su lado. - Se reúne un Congreso. - Modus vivendi de los principios con el caudillaje. - Urquiza se casa; 700 casamientos más.

Capítulo XXII ---------------------------165

Se conspira en todas partes. - Dos pedazos de nación. - Las 13 provincias y Buenos Aires. - Perturbación del ideal patrio. - Sofistas. - El país no retrocede. - Pero la unidad nacional está en peligro. - Hay separatistas de ambos lados. - Una fuerza centrípeta. - La nación se salva. - La Constitución atavío caro. - El progreso, ley de los tiempos. - Transformación argentina; selección antropológica. - País rico, mas no hay que alucinarse. - Con qué se ha de gobernar. - La obra de Urquiza. - ¿Dónde está la obra de Rozas? - En el fin de la vida es-

tá la prueba. - El crimen de uno y otro. - El pueblo no quería la tiranía. - Fenómeno moral. - Una clave - Buena fe popular. - Lo que podrá decirse de este libro.

Prontuario cronológico -173

Prólogo

Este libro no es, no puede ser, no debe ser ni una justificación ni un proceso. Sería un libro de partido que, no sustituyendo las realidades históricas a los disfraces de la leyenda, no haría sino aumentar la incertidumbre y las confusiones. Nuestro propósito intencional, fríamente meditado por años, es que sea un libro de buena fe, de completa y absoluta buena fe.

¿Cómo respondería entonces a su objeto, no vibrando ya, si no cual lejanos ruidos de la tempestad que pasa, las furibundas cóleras de antaño?

La calma es necesaria para entender; si los unos y los otros la han recobrado al fin, siendo hombres de buena voluntad me entenderán, *é se non, non.*

No escribimos para el fanatismo cristalizado dentro de la acre corteza de ojerizas inclementes. ¡Oh! no. Escribimos para los que saben, siquiera por presentimiento, que es una propiedad de la vida manifestarse y hasta propagarse en medio de divisiones y de luchas que, un día u otro se calman, para renacer después bajo otras formas, mientras la existencia no se extingue.

Diremos, pues, en él todo cuanto pensamos y todo cuanto sentimos, todo cuanto sabemos y todo cuanto de ello se puede decir, sin más trabas, sin más reservas, sin más escrúpulos que los que a la pluma le imponen ciertas consideraciones sociales -consideraciones que no es lícito dejar de tener en cuenta, cuando aun viven tantos y tantos a quienes imprescindibles referencias y apreciaciones desnudas, descarnadas, limpias de toda impureza, pueden lastimar u ofender.

Cuando decimos "viven", no nos referimos precisamente a los

que fueron actores, espectadores, instrumentos o cómplices, adversarios o colaboradores espontáneos u obligados, por las múltiples causas, pretextos o motivos, más o menos intrincados, confesables o inconfesables, que inducen y gobiernan las acciones humanas, en épocas revolucionarias sobre todo.

Nos referimos también a los que llevan el apellido más o menos glorioso, más o menos ilustre, más o menos conocido, de los que ya no existen, sean cuáles sean las filas en que militaron, los pretendidos sistemas de gobierno que sirvieron, las tendencias a que obedecieron, las rivalidades de familia que los dividieron, el frenesí de los odios insanos que los cegaron, sean cuáles sean las transformaciones íntimas que en ellos se hayan operado sin percibirse.

El hombre obedece, a pesar suyo, a la acción del tiempo, acción perenne, constante, eternamente benéfica dentro de la órbita del progreso, que "no es un accidente sino una necesidad"; del tiempo que todo lo transforma, espontáneamente, modificando en la conciencia los diferentes estados y aspectos de las almas y hasta las mismas perspectivas de las cosas que no siempre vemos de la misma manera; lo inmaterial y lo físico, lo intelectual y lo moral, todo, todo, a la manera que se transforman las plantas y los animales en variaciones infinitas; lo que llamaremos fenómenos de carácter sociológico, crisis del espíritu, anhelando conocer, *cognoscere* , penetrar y dominar la eterna verdad, la verdad verdadera; hechos históricos, reales, leyendas, calumnias, imposturas, invenciones, chismes caseros, murmuraciones de aldea, destacándose en el cuadro lo más interesante: "el hombre", los actores, los caracteres, prestigios aclamados o execrados según los opuestos puntos de vista de la pasión, en todo lo cual el psicólogo debe ver y leer con serenidad.

La crónica se compone de esos materiales incongruentes, informes, disparatados, llenos de ganga inútil, cuyo tamiz es el crisol del examen crítico, serio, imparcial y levantado hasta donde es humanamente posible, siendo hombres los que llaman a los hombres a deponer ante el supremo tribunal de la historia y de la posteridad.

Si estamos convencidos de que no es posible encarar ni resolver de la misma manera los grandes y complicados problemas que en todo tiempo han dividido y continuarán dividiendo la inteligencia, las ideas, las pasiones, los intereses; y que la discordia es incansable en arrastrar a los hombres a terribles campos de Agramante en el afán impaciente de alcanzar todos el mismo mismísimo fin -la felicidad; y si creo, igualmente, que todos ellos anhelan, con vehemente ardor, un porvenir grandioso para su país, también estoy persuadido de que ninguno de mis compatriotas, de que ningún hombre de buena voluntad, allí donde hay obscuridad o preocupación en el pasado, no desee que se haga como una aurora boreal de la verdad, irradiando su claridad suave y tenue sobre el formidable drama de tantos y tantos acontecimientos, como los que se contienen en ese cuadro horrendo, teñido con sangre que corrió, a raudales -sangre humana, sangre fratricida-, en medio de dolores infinitos, de zozobras sin cuento y de lágrimas de fuego, todo lo cual constituye la siniestra epopeya de la guerra civil argentina; epopeya que (es triste decirlo) comienza ya antes de la misma emancipación completa de América; y que, para nuestra tierra natal, concluye, puede decirse, con la caída del famoso, gobierno absoluto, irresponsable, de don Juan Manuel de Rozas.

¿Cuál será nuestro criterio filosófico, el método y el plan para arribar con algún éxito a la conclusión final, y cuál será esa conclusión?

Desde luego nos apresuramos a decirlo anticipadamente: la conclusión será que, "gracias al cielo, hasta allí, donde grandes y espantosos crímenes se cometen, la premeditación directa, absoluta e inmediata es más rara de lo que se lo imaginan ciertos moralistas adocenados".

El plan será genético o cronológico en su conjunto, sin precisar fechas; no nos proponemos tampoco autorizar nuestra palabra con citaciones de documentos oficiales ni con recortes de gacetas, teniendo una gran documentación en la cabeza, imágenes de impresiones pasadas, aunque no hayamos sido precisamente contemporáneos, y cuyas imágenes mnemónicas sentimos que podemos evocar con alguna vivacidad, como si los hechos remotos fueran incidentes de ayer.

El método que seguiremos consistirá en no herir personas, denominándolas sólo en los casos inevitables, para hacernos entender mejor; es decir, cuando los hechos sean del dominio público, hechos pasados en autoridad de cosa juzgada.

Y el criterio filosófico, que nos guiará, tendrá que ser lógicamente el que se desprende en tesis general de este aforismo, axiomático para nosotros: no hay tiranos, ni en la acepción griega ni en la moderna, sin pueblo a la espalda, pensando como el tirano mismo, sintiendo, anhelando, queriendo como él. Tanto valdría sostener que puede proclamarse libre un pueblo sin hombres conscientes de lo que son los derechos de la mente, los fueros, las prerrogativas inalienables de la conciencia humana.

No se concibe, en efecto, no lo concebimos nosotros al menos, un opresor solitario en la sociedad, cualquiera que sea el estado embrionario de su organización, como se puede ver un árbol secular, aislado en el desierto pampeano sin fin. Los usos y costumbres, los instintos hereditarios, las tradiciones, las preocupaciones, las instituciones incipientes, son "ideas" que con los sentimientos concomitantes fijan y encarnan ciertos modos particulares de ser.

Y si es exacto, como se ve que lo es estudiando la psicología de los sentimientos, que el *hombre* no existe como abstracción, no habiendo sino hombres diferentes de humor y de temperamento, variables de carácter desde la infancia hasta la vejez, en estado de salud o de enfermedad, variaciones que constituyen y revelan la unión de lo físico y de lo moral -es evidente que, teniendo una alma el dictador, el tirano, el déspota, esa alma debe ser algo así como el trasunto informe de la multitud, siquiera como el reflejo de una clase dirigente que lo rodea; que lo apoya, que lo aclama en lo íntimo. Será, en otros términos, producto del medio ambiente que lo satura, ya inspirándole graves pensamientos, infundiéndole energías y fuerzas suficientes para erigir, piedra sobre piedra, el edificio trascendental de un gran concepto, que realizado se torna persistente, duradero, como la obra fuerte de los fundadores insignes de tronos y dinastías seculares, de repúblicas ejemplares, de imperios colosales, que el tiempo no hace sino consolidar; ya sugiriéndole las ocurrencias monstruosas, las saturnales de sangre, los expedientes execrables, efímeros, por tanto, de los caudillos sombríos o turbulentos, egoístas o crueles de esta América, que sería ocioso detenernos a enumerar.

Con otro criterio, no hay sino vaguedad en el conocimiento de los hombres a quienes se pretende estudiar y explicar, de esos hombres que son como el patrón de sus coetáneos, que en ellos infiltran su espíritu avasallador contagiándose mutuamente por el roce, y a manera de la ley física que desarrolla la electricidad por el contacto. Así se explican las entidades representativas, debiendo observarse que tales personajes no suelen estar siempre de buena fe. Carlyle, dice, y dice bien, con su profundo conocimiento del alma humana, "yo no afirmo la continuidad de la sinceridad de Mahoma, porque ¿quién es continuamente sincero?" Y sin embargo, Mahoma fundó una religión que persiste, como persistieron sus huestes por siglos en España, y aun persisten, como un anacronismo sarcástico, en pleno mundo cristiano.

Nada sucede en la tierra sin una causa mediata: todo obedece a una ley. No hay fatalidad; lo inevitable no es más que la consecuencia de algo. De que los antecedentes sean aislados, incoherentes, simples o complejos, irregulares o imprevistos, no se puede concluir que no son. No vemos los fenómenos sino en sus efectos inmediatos; pero de ahí no se debe deducir que los hechos sean casuales. Lo oculto no es más que nuestra incapacidad para penetrar. La historia de lo maravilloso, ¿qué es? Una escuela de fenómenos mal observados que, de hipótesis en hipótesis, la ciencia, tanteando por siglos, arriba a explicar y demostrar, cómo se patentiza que los cuerpos tienden hacia el centro de la tierra. Por eso se ha dicho modestamente, aunque con sobrada razón, que la filosofía es la ciencia de las verdades relativas, de las aproximaciones a la verdad final.

Todo preexiste, substancial, virtual y potencialmente, en pródromos fecundos. "El progreso, bajo su aspecto científico, no es así más que una transfiguración de la naturaleza"; y lo que ha de ser será, en virtud de una ley física o de una ley moral: la electricidad que produce el rayo; la falta que lleva aparejado el castigo, la horca o los remordimientos negros, la pena aquí abajo o en otro mundo. Ese mundo existe, tiene que existir, debe existir.

Será por eso nuestro propósito fundamental explicar lo concreto por lo abstracto; lo visible por lo recóndito; los hechos, los actos, las acciones por los pensamientos, aunque haya casos en que dude metódicamente, rehuyendo el ser temerario en mis juicios. Los pensamientos ¿son acaso siempre abismos insondables? ¿Es por ventura impenetrable un hombre porque calla?

Y todavía, y más aún: trataré de explicar los pensamientos por las palabras que lo expresan, pues éstas, en su conjunto fonético, representativo del lenguaje, tienen, a mi entender, un gran significado, en cuanto son signos de movimientos físicos que determinan movimientos del espíritu, sensación y vibración.

¿O el pueblo argentino no ha sentido y pensado, en todo momento de su existencia más o menos agitada?

En la hora misma en que estas páginas deleznables escribimos ¿no piensa y siente, con más o menos intensidad en algo relacionado con su porvenir?

¿Puede negarse que la multitud tenga un alma?

La dificultad consiste, entonces, para el historiador y para el filósofo, en descubrir o en columbrar la IDEA en sus limbos; la idea que, dormitando envuelta en la atmósfera de un estado caótico de la conciencia, suele ser muchas veces, sin proceso reflexivo, impulso, proyección activa; la idea, actuando eléctricamente: la idea que se transforma de dicho en hecho. Por ejemplo, como cuando al pensar *¡viva!* nos sentimos movidos a aclamar y como cuando al pensar *¡muera!* nos sentimos resueltos a alzar la guillotina o la horca, sin piedad. ¡Qué gran palabra ésta de Leibniz: los fenómenos no son sino pensamientos!

La historia de la civilización, de la cultura, de la evolución del género humano bajo la influencia de la idea cristiana y de la filosofía greco-romana, es así la historia de los cambios experimentados por las lenguas, dulcificándose, enriqueciéndose, perfeccionándose en germinaciones de colores y matices infinitos.

En otros términos: seguir a un pueblo en sus transformaciones fonéticas es descifrar poco a poco el misterio de su alma, su ritmo psicológico.

Los salvajes no tienen por eso historia, siendo su lenguaje tan pobre como sus medios de subsistencia y de bienestar. Hasta suelen no tener tradición ni memoria; su existencia, en este sentido, no es vida humana, es un estado biológico; la animalidad esperando su hora en una monotonía retardataria, sin siquiera ser apacible como la existencia de la familia entre los castores.

Por consiguiente, si mayor o menor grado de civilización implica mayor o menor carencia de las cosas, también implica abundancia o penuria de signos representativos; y el uso y desuso gradual de éstos constituye necesariamente escalas ascendentes o descendentes de cultura, según se pase de un estado social a otro, al través de las incesantes vicisitudes de la vida nacional, familia o tribu.

Damos una importancia capital a esto, porque en los modos de expresión de una época se contienen *a priori* muchos actos de trascendencia realizados, a la manera que en el polen de la planta se encierran sus flores y sus frutos. Para nosotros, hay tanta documentación en una palabra, en una sola palabra, en una orden, en un decreto, en una ley, como en una explosión popular que proclama la libertad o mata a sus semejantes, no pudiendo hacerlos pensar como el fanatismo quisiera. Las causas son espirituales, son substancia imponderable; el Universo no existe sino por el *verbo:* las tinieblas no desaparecieron sino después de la vibración del *fiat lux.* Fuerza y materia no son causa: son efecto de la eterna energía. Y lo que para nosotros es verdad en la mecánica del mundo físico, también lo es en el orden moral intermitente -o sea el progreso espiritual que se traduce en ideas materializadas-, concepción, percepción, sensación: el Partenón o San Pedro de Roma: la *Transfiguración* de Rafael o el *Moisés* de Miguel Angel; un ferrocarril o un cable submarino ligando continentes; Cicerón en el Foro o Gladstone en la tribuna; la clemencia que perdona o la caridad que ampara.

Pensar es hacer. Los que no piensan, no hacen, en cuanto hacer es producir; son como máquinas cuyos efectos se pueden determinar de antemano. Pero así como "hay modos de pensar originales, hay también modos de sentir originales".

Vamos, pues a ver, por lo que hacía el pueblo argentino en ciertos momentos históricos, en qué pensaba, cómo sentía, y si sus hombres representativos tenían siquiera vagamente esta noción: que toda reforma radical debe operarse en paz; lo cual implicaría, desarrollado ya en aquel entonces y en altísimo grado, el sentido moral de sus clases o familias dirigentes. Porque no está en el orden de la Naturaleza, diría Herbert Spencer, que los hombres cambien de hábitos y placeres súbitamente, debiendo todo efecto permanente producirse poco a poco.

De ahí que los que olvidan esa ley arrastren a los pueblos a la guerra civil, a la anarquía que entroniza a los caudillos turbulentos y funda las tiranías ominosas, devastadoras -individuales o colectivas-, contra lo que no hay más recurso que la resistencia a mano armada: la Revolución, otra forma de la guerra civil y de la anarquía, que entraña a su vez el peligro del cesarismo, otra ley sociológica de adaptación a las circunstancias. ¿Hasta cuándo? hasta que el cesarismo no responda ya a una evolución que se produce en paz, siendo él mismo su eje y su motor involuntario; y cuya evolución es eficiente en virtud del principio o de la ley spenceriana insinuada más arriba, a saber: que toda reforma radical debe hacerse paulatinamente y en paz.

Al producirse ese efecto -contra el que nada puede la acción personal, siendo una especie de determinismo inevitable-, cambia la faz de las cosas en todo orden material y moral; y el revolver de los tiempos, la historia, pone de manifiesto el hecho, hecho que no podía dejar de verificarse, y que, por consiguiente, se ha verificado en nuestro suelo argentino: "el paso de la homogeneidad indefinida e incoherente a la heterogeneidad definida y coherente"

No hay para verlo, como se ven los fenómenos históricos, más que comparar las agrupaciones de ahora con las que antes formaban la cauda terrible de los que acaudillaban pueblos, en cruzadas furibundas, como un azote del cielo; arrastrando unos contra otros a los hijos de una misma patria; hoy, Dios gracias, pacificada, consolidada, encaminada, después de tantos vaivenes, hacia sus altos destinos.

Capítulo I

Nuestro postulado. - La familia de Rozas *. - Don Léon Ortiz de Rozas y doña Agustina López de Osornio. - Su carácter. - Las familias de Rozas y Lavalle. - Peculiaridad común. - Sangre con y sin mezcla. - Anécdotas características de doña Agustina López de Osornio. - Su energía. - Don León Ortiz de Rozas no era débil. - La casa de Rozas. - Memoria que han dejado don León y doña Agustina. - La madre y el hijo mayor. - Testamento de doña Agustina.

Nuestro postulado es que no se puede escribir, ni *ensayando* , la historia de una época representada por un hombre en el que se concentran todos los poderes, los más formidables, como disponer de la vida, del honor, de la fortuna, de sus semejantes, sin buscar en sus antepasados, sino todo el misterio de su alma, algo así como la clave de algunos de sus rasgos prominentes, geniales; rasgos, que llegan a ser, en ciertos momentos, como un contagio, bajo la influencia de su extraña, complicada y poderosa ecuación personal.

*   Repetimos aquí lo que otras veces hemos hecho notar a los que insisten en escribir sobre Rozas con s. Viene este nombre patronímico de rozar. Los Rozas argentinos, es decir, los hijos de don León Ortiz de Rozas y de doña Agustina López de Osornio, fueron tres, que se firmaban así: Juan Manuel de Rosas, con s : singularidades que se explicarán en el cuerpo de la obra.

Godoy Alcántara (*Ensayo... sobre los apellidos castellanos*, Madrid, 1871, obra premiada por la Academia Española) incluye Rozas en la lista de los nombre geográficos más usados en apellidos.

Los apellidos de este origen deben ir precedidos de la partícula de, y así lo usaba el teniente general don Domingo Ortiz de Rozas, según puede verse en la firma de este gobernador de Buenos Aires y más tarde de Chile que reproduce Barros Arana (*Historia general de Chile*, tomo VI).

En la misma obra (tomo VI, cap. IX) se encuentran noticias curiosas sobre el establecimiento de la familia Ortiz de Rosas en el Río de la Plata.

Siendo un hecho observado que en el dominio de los sentimientos se operan variaciones espontáneas, útiles o perjudiciales, no se puede negar entonces que esas variaciones representan un papel notable en lo que llamaremos la evolución del sentimiento moral, según los principios de la ética y los fenómenos de atavismo.

Es una ley de subhumana justicia que cada individuo ha de experimentar los beneficios y los perjuicios de su propia naturaleza, con todas sus consecuencias, piensan los grandes sociólogos. Soy de su opinión. Pero sostengo que teniendo, como tenemos, dentro de nosotros mismos un poder que se llama la *voluntad* , somos susceptibles resistiendo a las "presiones ambientes" [1] de transformarnos y de transformar a los otros en el sentido del bien común. "La sociedad existe en beneficio de sus miembros; no sus miembros en beneficio de la sociedad". De ahí, pues, la necesidad de establecer ciertos antecedentes, tratándose de personajes representativos, decir por ejemplo: quiénes fueron sus padres, cuál era su posición social, cómo los educaron, cuál era su temperamento, qué gustos tenían, qué cualidades, qué defectos.

Hay también que bosquejar a grandes rasgos el estado social, los usos y costumbres; hay que ver cómo se pensaba; cuáles eran las ideas, las preocupaciones anteriores a ese pasado histórico, y, naturalmente, las reinantes en el momento contemporáneo; hay que esbozar las transformaciones diversas operadas con más o menos lentitud, según el mayor o menor grado de cristalización de los espíritus, a fin de iluminar un tanto el escenario en que los personajes se mueven, siquiera con una débil luz; por último, hay que prefigurar lo mejor posible esos personajes.

Para explicarnos a Mahoma necesitamos conocer su nacimiento, su infancia, su juventud, sus amores, su vida apacible sin ambición. Carlyle nos lo muestra así; en sus *Héroes,* lo mismo que nos lo muestra a Cromwell, casado prematuramente, trabajando tranquilo en su granja. Los que meditan y trabajan son siempre llamados a prevalecer. "Lo espiritual es el alma de lo temporal". Por consiguiente, para

---

1   *Pressions environnantes,* dice Taine, y Herbert Spencer: *the characters of the environnement cooperate with the characters of human beings in determining social phenome.*

comprender los actos necesitamos conocer las emociones íntimas que son los arietes de la acción.

Hecho todo eso, y sólo entonces, es posible arribar, con alguna imparcialidad, a fijar la parte de responsabilidad que en la obra del bien o del mal corresponde al pueblo, a la sociedad, a sus representantes, a los que lo acaudillan.

Todo otro criterio histórico es pueril.

Entender el presente es inquirir el pasado; y, bien conocido lo actual, la mirada reflexiva penetra en lo porvenir, a la manera que el lente maravilloso nos ayuda, revelándonos que lo invisible para el ojo desnudo es un mundo fecundo, en cuya atmósfera hay seres, formas, ideas para el sabio.

La familia de Rozas era colonial, noble de origen por ambas ramas, siendo más antigua la prosapia materna.

No revolveremos pergaminos. Nos lo prohíbe la índole de lo que en literatura se entiende por "ensayo", no con relación al autor, que puede haber producido mucho, sino referentemente al asunto.

Don León Ortiz de Rozas y doña Agustina López de Osornio representaban no sólo dos familias nobiliarias de distinto linaje, y alcurnia, sino dos naturalezas distintas.

Según doña Agustina, su marido era un plebeyo de origen. En sus disputas ella se lo hacía sentir. "¿Y tú quién eres? solía decirle. Un aventurero ennoblecido, por otro que tal (se refería a don Gonzalo de Córdoba, del cual fue soldado el primer Ortiz, diremos. Don León había sido capitán del Rey), mientras que yo desciendo de los duques de Normandía; y, mira, Rozas, si me apuras mucho, he de probarte que soy pariente de María Santísima".

Por lo demás ambos eran buenos cristianos, católicos, piadosos sin ser gente de mucho confesionario y se llevaban muy bien.

Don León era bondadoso, paciente, aunque de cuando en cuando tenía sus arranques, como más adelante se verá. Pero en el hogar, en la familia, en la administración de los cuantiosos bienes de la comunidad, no tenía voz ni mando. Vivía sano, contento, leyendo un poco, jugando al truco en su escritorio con algunos predilectos, haciendo versos de circunstancias [2] , presidiendo la mesa con solemnidad, mesa en la que antes y después de comer se rezaba, dando gracias a Dios por no faltar el pan cotidiano.

Ese pan cotidiano era siempre abundante y suculento. Aunque llegaran de improviso los parientes y amigos que llegaren, siempre sobraba, lo suficiente para la numerosa servidumbre de tan larga familia. No había muchos adornos en la mesa, de cuando en cuando algunas flores. Vino se tomaba poco. Los niños no lo probaron. El lujo de doña Agustina consistía en la pulcritud del mantel y limpieza de los cubiertos de plata maciza. Nada de fuentes con tapa, todo estaba a la vista; "pocos platos, pero sanos, era su divisa, y que el que quiera repita". Así, solía decir: "Déjame, hija, de comer en casa de Marica (se refería a la célebre misia María Thompson de Mandeville) que allí todo se vuelve tapas lustrosas y cuatro papas a la inglesa, siendo lo único abundante su amabilidad. La quiero mucho, pero más quiero el estómago de Rozas".

Doña Agustina, por otra parte, no podía ocuparse más de lo que se ocupaba en su marido; lo cuidaba con esmero, ella misma le hacía el moño de los zapatos de paño negro, de lo más fino, y el nudo de la ancha blanca corbata; y, después de mirarse en la reluciente pechera de la camisa brillante como un espejo, le ponía con gracia el sombrero, alto de copa, y le presentaba el bastón de caña de junco con puño de oro, hecho lo cual don León salía a hacer sus visitas, después de la misa en San Juan o San Francisco, llevando los encargos, memorias y recuerdos de su consorte para los amigos y parientes.

Y doña Agustina daba a luz todos los años un descendiente rollizo bien conformado. El primer fruto de sus entrañas fue una niña que se llamó Gregoria, el segundo Juan Manuel. Ambos se enlazaron en la familia de los Ezcurra, gente de origen solariego, de lo mejor. Después vinieron dieciocho partos más, todos coronados por un éxito completo.

Aquí es el caso de consignar una circunstancia curiosa, sugesti-

---

2   Tienes un grande barreno
     En jugar el truquiflor;
     Yo te he de bajar al talle
     Y has de quedar de mirón.

va, interesante en extremo. La mayor parte de la guerra civil argentina ha girado alrededor de dos grandes ejes políticos: Rozas y Lavalle. Pues bien, estas dos familias eran íntimas; todos los Rozas tomaron leche del seno de una Lavalle, fecundísima como su amiga predilecta Agustina, y todos los Lavalle, leche del seno de ésta.

Otra peculiaridad. Todos los Lavalle y todos los Rozas han tenido el rostro bello, prevaleciendo los rubios sin mezcla. Y más aún, las mujeres han sido más inteligentes que los hombres, pareciéndose éstos por cierta afición a la vida rural y por ciertos caracteres muy acentuados de tenacidad en sus ideas y en sus propósitos.

Debemos agregar para que esta pincelada se complete, hasta cierto punto, que si las dos familias se combatieron jamás se odiaron; de modo que cuarenta años más tarde, muerto Lavalle en los confines de la patria después de su lucha desesperada y el dictador en el extranjero, los Lavalle y los Rozas sobrevivientes que han podido abrazarse lo han hecho con emoción, lo que prueba que la sangre era caliente, pero no maligna, sangre pura, sin mezcla, sangre verdaderamente colonial. Distinguimos así entre sangre de origen español y lo que después ha dado el producto *criollo mestizo*. Y distinguimos ex profeso; porque, valga lo que valiere nuestra teoría científica, asignamos suma importancia a los antecedentes etnológicos.

De lo dicho más arriba no debe deducirse que don León Ortiz de Rozas fuera un hombre adocenado, ni débil, hasta el punto de dejarse llevar de las narices por su consorte. No. Su aparente debilidad eran condescendencia y amor, mezclados con una gran confianza en las cualidades sólidas de su cara mitad, diligente, activa, movediza, trabajadora, ordenada, económica, caritativa, y a la vez imperiosa. En cuanto a su honestidad era proverbial. Jamás las malas lenguas la tildaron por ese lado. De ahí, sin duda, de ese conjunto de aptitudes y disposiciones, venía su espíritu autoritario, rayano a veces en la infalibilidad, puesto que cuando ella decía sí o no, así, y no de otro modo, tenía que ser.

Dos anécdotas de indiscutible autenticidad (para el autor) explicarán y comprobarán cómo es que había paz y concordia, en aquella casa, que era vasta, que tanta familia contenía, que poseía esclavos y que arrastraba coches enganchados o tirados por buenos caballos y mulas, lo que en aquellos tiempos era propio sólo de gente muy acaudalada.

Una noche, viviendo en la calle de la Defensa ahora, la casa está intacta [3], serían así como las dos de la mañana, se sintió ruido en las azoteas. Es de advertir que don León y doña Agustina tenían aposentos separados; criando ella casi siempre, no quería que su marido fuera turbado en su sueño. Sentir el ruido, poner el oído, pensar ¡ladrones! y llamar a una huérfana que la acompañaba, diciéndole "anda y cierra la puerta de Rozas no sea que oiga y que se moleste", fue todo uno. Encarnación, que así se llamaba la muchacha, obedeció callandito. Y doña Agustina se levantó, tomó de un rincón la vara de medir (en casi todas las casas la había), y, sin más armas, subió por una escalera del fondo y puso en fuga a dos pájaros que, en efecto, parecían dispuestos a descolgarse. Sólo al día siguiente se supo lo acontecido.

He ahí un rasgo característico de doña Agustina, que todos los viernes hacía enganchar el coche grande, guiado por un alto cochero mulato, excelente hombre, llamado Francisco, para irse por los suburbios a distribuir limosna entre los menesterosos reales y traerse a su casa, donde había una sala hospital, alguna enferma de lo más asqueroso, que colocaba en el coche al lado mismo de una de las hijas, la que estaba de turno, y a la cual le incumbía el cuidado de la desgraciada hasta el momento en que sanaba o el cielo disponía otra cosa.

Otro perfil completará su fisonomía enérgica. Su hijo estaba en armas, acaudillando huestes de la campaña: nos referimos al que fue dictador y al golpe de estado de Lavalle. El gobierno, las autoridades estaban en la ciudad. La policía mandó tomar los caballos y mulas de los particulares. Doña Agustina contestó que ella no tenía opinión, que no se metía en política; pero que siendo las bestias para combatir a su hijo no podía facilitarlas.

La policía insistió. A la tercera intimación la casa estaba cerrada: doña Agustina, hablando por la ventana con el comisario, le hizo comprender que todo era inútil, que si quería echar abajo las puertas las echara. Fue menester hacerlo, las órdenes eran perentorias, y se

---

3   El autor ha hablado de ella en otra parte.

hizo: en el fondo, donde estaban las caballerizas, los caballos y las mulas yacían degolladas. El comisario, hombre cortés, que tenía gran consideración por la señora, ante aquel espectáculo observó: "Misia Agustina..." y ella no dijo más que esto: "Mire, amigo, y ahora mande usted sacar eso, yo pagaré la multa por tener inmundicias en mi casa; yo, no lo haré".

En páginas subsiguientes hemos de ver otros casos de singular persistencia, entre la madre y el hijo, el dictador, y de conciencia firme en ella.

Vamos ahora con un acto de don León a demostrar que, en efecto y como lo dejamos dicho, su debilidad no era intrínseca.

La estancia en que veraneaban era el conocido Rincón de López, cerca de la boca del río Salado. El 1° de noviembre, las cosas pasaban todos los años así de igual manera, doña Agustina iba al escritorio de don León, y presentándole el sombrero y el bastón, le decía: "Dame el brazo", y salían y subían en la galera llegando a los tres o cuatro días a la estancia. Una vez allí, don León se metía en su escritorio y doña Agustina montaba a caballo, mandaba parar rodeo y tomaba cuenta y razón prolija de todo.

Una ocasión sucedió que don León le dijo a doña, Agustina: "Agustina, sabes que hace años que no visitamos la huerta, ¿quieres que demos un vistazo?" Curiosidad o deferencia, doña Agustina aceptó. Llegados a un poyo de granito, que hemos visto, se sentaron; estaba sobre la margen del río; don León, con modos de equívoca amabilidad, preguntó: "¿No es cierto Agustinita que yo te quiero mucho?" Doña Agustina, que como todos nuestros abuelos hacía el amor como si fuera una pontificación a horas fijas, viendo aquellos modos inusitados en verano, bajo los árboles, repuso apartándose: "Rozas, ¿por qué me faltas al respeto de esa manera?" "No es eso. No". Y sacando de la faltriquera unas cuerdas, le dijo: "¿Ves esto? pues es para probarte que el hombre es el hombre, que si te dejo gobernar no es por debilidad sino por el inmenso amor que te tengo, porque te creo fiel"; y dicho y hecho, la trincó y le aplicó suavemente unos cuantos chaguarazos, más simulados que fuertes, en cierta parte.

Doña Agustina no hizo resistencia, ni habló; don León la dejó en el sitio, salió triunfante de la huerta, y nunca jamás se volvió sobre el incidente, ni nada se alteró en el manejo de la casa y hacienda.

Así cuando el general Mansilla se casó con la hija menor de aquellos, doña Agustina (era muy camarada con don León, aunque hubiera bastante diferencia en las edades), don León le dijo: "Mire, amigo, aunque usted es viudo y ha de tener experiencia, le diré porque le quiero: creo que Agustinita es muy buena; pero puede ser que alguna vez necesite..." y le contó el caso. Agustinita *no* necesitó.

La casa de Rozas era muy visitada. Don León tenía sus relaciones; doña Agustina las suyas, estando ésta más o menos emparentada con las grandes familias de García Zúñiga, Anchorena, Arana, Llavallol, Aguirre, Pereyra, Arroyo, Sáenz, Ituarte, Peña, Trápani, Beláustegui, Costa, Espinosa y muchas otras.

Los López Osornio habían venido de España directamente al Río de la Plata; los Rozas, en parte lo mismo, y de Chile y el Perú a Buenos Aires, y algunos a Cuyo. Por esta razón, don León tenía menos parientes que su mujer. La intimidad de ésta con familias principales como las de Pueyrredón, Sáenz Valiente, Liniers, Rábago, Terrero y otras, era estrechísima. Las hijas de la dilecta matrona doña Magdalena Pueyrredón, Florentina, Juana y Dámasa, nacieron en sus brazos, como nacieron algunos de sus nietos, entre ellos el hombre político y jurisconsulto Eduardo Costa, de grata memoria; Necochea, Las Heras, Olavarría, Guido, Alvear, Olaguer Feliú, Balcarce, Saavedra, Pinedo, López, Maza, Rolón, Soler, Iriarte, Viamont, Alvarez y Tomas, Torres, Sáenz Peña, Larrazábal, Garretón, Irigoyen, Alzaga, Azcuénaga, Castro, Zapiola y otros de esa estirpe eran de la tertulia de Rozas. Y como sus hijas Gregoria, Andrea, María, Manuela, Mercedes, Agustina, se habían casado con hombres de pro, Ezcurra, Saguí, íntimo de Rivadavia, Baldez, Bond, médico norteamericano notable, y Rivera (descendiente de Atahualpa, el último inca del Perú sacrificado por Pizarro), que hizo sus estudios en Europa, siguiendo las cátedras de Dupuytrén -ya puede calcularse lo que sería aquella casa antes y después que Prudencio, hijo segundo de don León, se uniera a la familia burguesa de Almada, en primeras nupcias (Gervasio, el menor, no se casó), y Juan Manuel a doña Encarnación de Ezcurra.

La memoria que don León dejó entre los suyos y entre todos los que le conocieron fue la de un hombre sin reproche. En cuanto a doña Agustina, era algo más que simpatía, consideración y respeto lo que infundía. Había nacido para imponerse y dominar, y se imponía y dominaba. Sus hijos la amaban con delirio. Hemos oído a uno de sus vástagos decir repetidas veces esto: "Si mi madre tenía vicios, quiero parecerme a ella hasta en sus defectos".

Otro, Gervasio, contaba un día después de la caída de su hermano: "Juan Manuel me mandó una vez un oficio con este rótulo: Al señor coronel de milicias don Gervasio Rozas; lo devolví sin abrirlo, diciéndole al propio, que había hecho cuarenta leguas: No es para mí. Volvió cuatro días después. Dentro de un sobre para el señor don Gervasio Rozas venían los despachos. Contesté devolviéndolos de nuevo so pretexto de que el estado de mi salud no me permitía aceptar el honor que se me hacía". Y a guisa de comentario espontáneo, agregó: "Juan Manuel lo que quería era tenerme bajo sus órdenes como subalterno. No teniéndome siendo sólo lo que éramos -hermanos-, de miedo de madre no se habría atrevido a hacerme nada, sabiendo, como sabía, que yo no estaba del todo muy conforme con todos sus procederes".

Cuando don León pasó a mejor vida, doña Agustina hacía ya años que no se levantaba de la cama; estaba tullida. Pero asimismo de todo se ocupaba: de su casa, de su familia, de sus parientes, de sus relaciones, de sus intereses, comprando y vendiendo casas, reedificando, descontando dinero, y siempre constantemente haciendo obras de caridad y amparando a cuantos podía, a los perseguidos con o sin razón por sus opiniones políticas. Y hubo vez en que riñó por mucho tiempo con su hijo por negarse éste a poner en libertad a un perseguido, del que ella decía: "Ese señor (Almeida) no es unitario ni es federal, no es nada, es un buen sujeto; y así es como Juan Manuel se hace de enemigos porque no oye sino a los adulones". El entredicho duró hasta que el dictador fue a pedir perdón de rodillas, anunciando que el hombre estaba en libertad.

Uno de los actos de doña Agustina que más acentúan sus caracteres complejos de mujer caritativa y prepotente es su testamento. Estos documentos no mienten, siendo una secuela legal que puede compulsarse.

Necesitamos para mejor inteligencia de las cosas decir que de la unión entre doña Manuela y el doctor Bond, ya citados, le quedaron huérfanos a doña Agustina varios nietos, de los que fue tutora y curadora: Enriqueta, Franklin, Carolina y Enrique, que murió. Doña Agustina los cuidaba y los amaba con la más tierna y exagerada solicitud, a título de que eran muy desgraciados no teniendo padre ni madre.

Resolvió, pues, hacer su testamento. Tenía un escribano condiscípulo y amigo, hombre seguro, de toda su confianza, con el que se tuteaba. Lo mandó llamar.

—Montaña, quiero hacer mi testamento.

—Bueno, hija.

—Siéntate y escribe.

Montaña se acomodó en una mesita redonda estilo imperio que conserva la familia, y doña Agustina, que tenía una excelente memoria, mucho orden y todas sus facultades mentales intactas a pesar de sus años y de sus achaques dolorosos, comenzó a dictar.

—Agustinita, eso que dispones no está bien.

—¿Por qué?

—Porque lo prohíbe la ley.

—¡Que lo prohíbe la ley! ¡já, ja, já! ¿Qué, yo no puedo hacer con lo mío, con lo que hemos ganado honradamente con mi marido, lo que se me antoje? escribí no más, Montaña.

—Pero, hija, si no se puede, si no será válido; no seas porfiada.

—¿Qué no se puede? escribí no más, que vos no sos el del testamento, sino yo, y ya verás si se puede...

—Pues escribiré y ya verás.

—Ya veremos.

Montaña siguió escribiendo, y la señora disponiendo bien.

Montaña arguyó nuevamente: "Eso tampoco se puede", y la señora redarguyó: "Ya verás si se puede; escribí, nomás, escribí".

Montaña agachó la cabeza, siguió, y las mismas contradicciones se repitieron unas cuantas veces más...

—Bueno; lee ahora, Montaña.

Montaña leyó.

—Perfectamente, agregá ahora: Sé que lo que dispongo en los artículos tales y cuales es contrario a lo que mandan las leyes tales y cuales (cita todas tus leyes) [4]. Pero también sé que he criado hijos obedientes y subordinados que sabrán cumplir mi voluntad después de mis días: lo ordeno.

Y el testamento, que era una monstruosidad legal, se cumplió. La señora favorecía a sus tres nietos a tal punto, que todos ellos heredaban más que sus hijos.

Sin ese testamento, ¡cuántas tristezas futuras no se habrían evitado! Las leyes son reflejos de una moral cualquiera; violarlas es perturbar un principio de justicia distributiva. No se produce el acto sin que alguno padezca. Así, he aquí una verdad casi evangélica: "Administrar justicia, es montar la guardia velando por los derechos del hombre, es hacer la sociedad posible".

El testamento se abrió; la primogénita, doña Gregoria, dijo: "Vayan a ver qué dice Juan Manuel". Así se hizo. Don Juan Manuel no leyó, diciendo: "Que se cumpla la voluntad de madre". Los otros de ambos sexos, sabiendo lo que había dicho el hermano mayor, contestaron lo mismo sin leer. Sólo Gervasio, el hermano menor, se lo hizo leer. Meditó, y después de reflexionar, dijo: "Que se cumpla la voluntad de madre. Pero vayan a decirle a Juan Manuel y a Prudencio que nosotros somos ricos, que de lo nuestro se tome para integrar la hijuela que a las hermanas mujeres corresponde..."

Y así se hizo, y la voluntad prepotente de doña Agustina López de Osornio prevaleció contra la ley, cumpliéndose lo que al testar y lanzando su *quos ego* le decía al curial refractario, plenamente convencida de su infalibilidad : "Ya verás como se puede ".

De tamaña mujer nació Rozas

---

4   Regían las anteriores al Código civil.

Capítulo II

*Rozas tenía sangre azul. - Los tres hermanos Juan Manuel,
Prudencio y Gervasio. - Los tenderos de antaño. - Gervasio dependiente de tienda. - Tentativa de hacerlo a Juan Manuel. - Su primera rebelión. - Huye de la casa paterna. - Rarezas de los Rozas. - Con
qué bagaje llegó Rozas a conchabarse en casa de Anchorena. - El
aguijón de Rozas. - El arcano de su alma. - Rozas debía ver en él. -
Estudia el Diccionario de la lengua. - Dualismo y contradicción de
Rozas. - Conoce su fuerza. - Es pura potencialidad.*

Rozas fue criado por su madre; no tomó leche de negra esclava, ni
de mulata, ni de china, es decir, de india aborigen. Tenía por consiguiente sangre pura, por encarnación sexual y por absorción sanguínea.

Siendo sus padres pudientes, y hacendados por añadidura, en
cuanto eso implica en el Río de la Plata tener estancia, no podían pensar y no pensaron en dedicarlo al clero, ni a la milicia, ni a la aboga-
cía, ni a la medicina, profesiones que, precisamente, sólo eran el re-
fugio de los que no debían contar con un gran patrimonio.

Y siendo él el primogénito era candidato natural para reemplazar a sus padres en el gobierno administrativo de las propiedades ru-
rales que poseían.

Prudencio podía, en todo caso, para que hubiera variedad en la
familia, ser militar; así como Gervasio sería destinado al comercio,
empezando por ser tendero.

Tener tienda durante el coloniaje y aun después, medir las telas,
despachar tras del mostrador, alternar con las señoras así, era un co-

mienzo de roce social, era adquirir hábitos de cultura, y era una profesión bien vista; era, si no todo lo contrario de ser almacenero al por mayor, algo más adecuado para un joven decente, que debía principiar, para enterarse de las reglas del interés compuesto y de la economía, por ser dependiente de algún patrón. Las mejores familias de Buenos Aires veían así a sus jefes o a sus hijos, haciendo lo que ahora sólo hace una clase intermedia.

Gervasio fue, en efecto, hecho tendero, y lo traemos a colación incidentalmente para volver una vez más sobre el carácter de doña Agustina, que llevaba la batuta en todo, en aquel hogar ya descrito.

La cosa no era tan llana como a primera vista parecerá. El mostrador era una doble escuela: preparaba para el buen trato y curaba de falso orgullo. Se conversaba con el bello sexo, entre el chis chas de la tela rasgándose, después de haber sido medida concienzudamente; pero había que vivir en la tienda, que comer platos de viandas preparadas en la fonda, que barrer adentro y afuera, en una palabra, que no hacerle asco a nada, siendo, ítem más, el doncel tan respetuoso con los patrones como con los propios padres. El tiempo y la paciencia, la humildad y un poco de cacumen completarían la obra.

Sucedió que Gervasio, habiéndosele mandado que lavara los platos en que habían comido sus colegas de más edad, contestó: "Yo no he venido aquí para eso".

El dependiente principal dio cuenta al patrón y éste, llamando a Gervasio, le dijo secamente: "Amiguito, desde este momento yo no lo necesito a usted más, tome su sombrero, váyase y mande por su cama. Yo hablaré con misia Agustina después; mientras tanto prontito, a su casa..."

Gervasio llegó a ella todo lleno de turbación, porque en el camino había calculado lo que le esperaba.

Habló; la madre nada dijo. Salió, y un rato después regresaba con el patrón.

Que llamen a Gervasio, ordenó a un sirviente.

Gervasio se presentó: tomóle de una oreja, y diciéndole "hínquese usted y pídale perdón al señor ", a ello le obligó. Y prosiguió: "¿Lo perdona usted, señor?" -Y cómo no, mi señora doña Agustina. - Bueno, pues caballerito, con que tengamos la fiesta en paz... y váyase a su tienda con el señor que hará de usted un hombre. Pero, ahora, mi amigo, yo le pido a usted como un favor que a este niño le haga usted hacer otras cosas (y al oído le dijo: que limpie las bacinillas).

Gervasio no volvió a tener humos. Poco tiempo después, habiéndose bajado el talle, su posición era otra en todo sentido, no faltándole sindéresis. ¡Cuán cierto es que así como hay analépticos para fortificar el cuerpo, así también los hay para curar los resabios del amor propio mal entendido!

Juan Manuel, en edad ya de poder ir al campo a enterarse para administrar más adelante, según se comportara, y habiendo recibido un poco de la enseñanza elemental, que se podía adquirir en las escuelas de los propios padres, de los particulares y de los frailes (éstas eran las más acreditadas), doña Agustina pensó que algo de tienda no le estaría de más, desde que en las grandes estancias de eso había.

Fue, pues, a una de las más acreditadas. Pero como quisieran hacer hacerle lo que a su hermano, no obstante el ejemplo de éste, se negó.

Doña Agustina intentó hacer con él lo que con Gervasio. Fue inútil: ni quiso hincarse ni pedir perdón.

Doña Agustina no trepidó, lo tomó de una oreja y de ella lo llevó encerrándolo en un cuarto con esta prevención: "Ahí estarás a pan y agua hasta que me obedezcas".

Juan Manuel nada dijo. Pasó un día a pan y agua. Y como con la noche viene la reflexión, reflexionó, resolviendo escaparse de la casa solariega.

Todos dormían... falseó la cerradura, escribió con lápiz en un papel que puso en sitio visible unas palabras, se desnudó y casi como Adán salió a la calle yendo a casa de sus primos los Anchorena a vestirse y conchabarse.

Al día siguiente, cuando fueron a llevarle el pan y el agua, hallaron el susodicho papel, el cual rezaba esto: "Dejo todo lo que no es mío, Juan Manuel de Rosas" con "s".

Y éste fue su primer acto de rebelión contra toda otra autoridad que no fuera su voluntad. Y de ahí que en lo sucesivo se firmara como no debía, puesto que su verdadero nombre patronímico era Juan Manuel Ortiz de Rozas, Rozas con *z* y no con *s*.

Gervasio, en cuyas vicisitudes no tenemos para qué ocuparnos prolijamente, se firmaba "Rozas" a secas. Era, como sus otros dos hermanos, un hombre genial, con rarezas -rasgos peculiares a los varones de esta familia-, y así como Juan Manuel por tendencia o por sistema quería exteriorizarse, sobresalir o distinguirse, él, por el contrario, amaba la penumbra, casi la soledad, leyendo libros que otros no leían, limitando en cuanto podía sus amistades, que eran casi todas íntimas. Hablaba poco, era pulcrísimo en su persona, condición de todos los Rozas, no daba ni recibía bromas, no era expansivo, aunque ocultara ternezas íntimas y fuera muy aficionado a las mujeres, poniendo en ello suma discreción, no tanto sin embargo que llegara a tapar el cielo con un harnero.

Con peculiaridades comunes, Juan Manuel, Prudencio y Gervasio no se amaban en el fondo, siendo tres naturalezas distintas, tres inteligencias diferentes, con facciones acentuadas en las que predominaba el tipo materno.

Los tres llegaron a ser muy ricos, millonarios, habiendo trabajado con los puños en los comienzos de su carrera. Prudencio, que era algo torpe cuando hablaba, escribía cartas muy bien. Escribiendo parecía otro hombre. En Gervasio había más unidad en esas manifestaciones del espíritu, pudiendo ser verboso. Y de los tres él, el menor, era el único que tenía algo de la idealidad de don León; una idealidad sin horizontes. Don León se quedaba dormido pensando, y Gervasio permanecía horas enteras fantaseando sin dormirse. Prudencio no pensó jamás sino en cosas tangibles, y fue siempre algo huraño.

Con ese bagaje material e intelectual, con lo que en las escuelas de antaño, de cualquier clase que fueran, seculares o laicas, se podía aprender, máxime no teniendo la mira de seguir una carrera liberal, y con su cuerpo gentil, sano, fuerte, asaz bien conformado, pero sin la belleza plástica que la leyenda le ha adjudicado (Rozas no era alto ni esbelto, era algo cargado de espaldas; el rostro sí, siendo rubio, de ojos celestes, límpidos, traslúcidos, lo tenía bello), con ese bagaje, decía, llegó el joven Juan Manuel a la casa de sus parientes, los Anchorena, mayores que él. Buscaba con qué vestirse, lo que le fue dado en el acto -no era un gran servicio-, y en qué trabajar, lo que también obtuvo pasando a una de las estancias de la casa. Los Anchorena eran los más grandes propietarios de tierras. Y ni entonces, ni después, nunca supieron *de visu* , por completo, lo que poseían.

Aguijoneado por un espíritu de libertad sin trabas, y por ese instinto de los fuertes y de los astutos, llamados a predominar, no tardó Rozas en hacerse una posición. Minucioso y pertinaz, resistente y observador, sano y ágil, con poco temperamento para ser libertino y suficientes aspiraciones para anhelar ser independiente, al cabo de poco tiempo ya era socio industrial de sus primos. Y en aquel medio, habiendo aprendido a montar sin espuelas un potro ensillado, siendo sobrio en el comer y en el beber, y no teniendo ninguno de los otros vicios de la plebe, como el jugar; en otros términos: distinguiéndose por sus cualidades y ocultando el arcano de su alma, que era dominar, no tardó en ser un prestigio en muchas leguas a la redonda. Dueño de estancia al fin, señor de hacienda propia, con buena letra y alguna lectura y el arte difícil de hablarle a cada cual en su lengua, estaba en la vía...

Ya en el poder, escribiéndole a un compadre de sacramento de su confianza, hecho coronel por eso, y no hombre malo, no le pone en la carta que "tenga cuidado con los jesuitas", sino *jesuditas* , porque la gente del campo así dice. La carta fue copiada cinco veces por el escribiente que en el borrador leía jesuitas creyendo que había error de pluma de don Juan Manuel, hasta que éste se explicó. -¿ Sabe deletrear, amigo? –Sí señor. –Bueno ¿a ver? (Es claro, no resultaba jesuitas). –Pues ponga *jesuditas*, que mi compadre es muy bueno, pero muy bárbaro y no habla como nosotros.

Tiene el instinto de los hombres como el perro el olfato de la presa. El roce con el elemento popular se lo aguza, y *saber* bien su nombre, ni más ni menos que el significado de una palabra, es para él preocupación favorita –si tiene sinónimos, particularmente. Los grandes dominadores han estado siempre en contacto con el pueblo o han mandado ejércitos. En la multiplicidad se estudia la unidad.

Raros eran los que no buscaban a Rozas haciendo él de oráculo, de teólogo, de juez, en los asuntos de intereses, de sábanas, de pillerías entre los gauchos, tan dados a la maña de quién engaña mejor a quién, en lo cual no hay desdoro, pues la fama que acompaña al que sale mejor parado es esta: ¡Si es muy hombre ño fulano! Así el éxito en todos los estados de la civilización llega a ser contra la moral y la religión el más peligroso de los enemigos de la sociedad, en su afán de perfeccionarse.

Sin que seamos encarnaciones de otros seres, o reencarnaciones de otras existencias supersensibles, toda entidad humana tiene dentro de sí misma un jeroglífico escrito por el que todo lo ve y prevé, dejándonos franco el camino del libre arbitrio y de la voluntad; es como una cifra envuelta en una nebulosa, una intuición más o menos discernible del destino que nos espera.

Rozas debía ver eso en su alma, a la manera que en obscura noche, cuando mil ojos no ven, hay una mirada sutil que descubre el escollo a lo lejos. Aplicóse, pues, a meditar; meditó y descubrió en sus abismos el complicado enigma de su personalidad, personalidad simple al parecer, compleja en realidad. Y se dio al estudio posible en aquellas soledades al campo abierto, que incita a todas las aventuras y a todas las audacias. El Diccionario fue desde ese momento de intuición, su Biblia: no llegó a ser considerable el caudal de sus vocablos; pero los que poseía los conocía a fondo, distinguiendo matices, los sinónimos y los eufemismos. Nadie puso, por eso, apodos más expresivos, más clásicos, más inteligibles para la plebe –nadie como él.

Los unitarios llaman a don Juan Pablo López, descontentos de él, *mascarilla* , porque era picado de viruelas. El le llamaba el *pelafustán*. A don Fructuoso Rivera, aludiendo a que era muy libidinoso, le pone el *padrejón*. El gaucho entiende, así le llaman al padrillo. Y es la gente sabihonda la que corrompe el vocablo, sustituyéndolo por pardejón, aumentativo de pardo; y de ahí proviene el error de creer que era mulato, y que subsiguientemente le dijeran el "mulato pardejón", lo que era, un pleonasmo.

Y por eso también más tarde, siendo él lego, podía discutir con los doctores y hasta con los doctos, sin dejarse envolver por el más sutil de los casuistas.

Así este hombre, que había nacido para el trabajo y no para la acción, fue durante larguísimos años un misterio y una mistificación para casi todos, excepto para él mismo. En las campañas parece campesino y es burgués. En el orden nacional habla de patria y es localista. Nadie atenta contra la América, y él se dice defensor de la santa causa americana. ¡*Santa!* ; tiene la manía de los adjetivos, y la de los sobrenombres, costumbre gauchesca. No es perversa, árida y fría su alma; es intermitente, ondulante, pudiendo llegar a no enternecerse jamás. No es caprichoso; tiene desarrollada la protuberancia de la continuidad y su frente amplia, lisa, cuadrada, parece hecha para resistir a todo lo que intente inducirlo en otro sentido de lo que es la lógica de su voluntad persistente. Distingue perfectamente los medios, los instrumentos, conoce su fuerza, su eficacia, sabe qué quiere, sabe que va a un fin; más no discierne claramente ese fin, excepto cuando se sale, por decirlo así, de las abstracciones. Su fuerza es pura potencialidad. Saltará sobre un bagual en pelo al pasar, convencido, persuadido, sabiendo que lo dominará; pero dónde se detendrá no lo alcanza, ni quiere alcanzarlo, como si gozara con las fruiciones de un peligro remoto, al través de obstáculos imaginarios. Y no porque sea fantástico, sino porque es diestro. Diríase un navegante que ama las tormentas, no por el espectáculo, sino por la extraña satisfacción de llevar su bajel a un puerto cualquiera, fuera del derrotero indicado por el sentido común. Es un realista desequilibrado; no tiene nociones altruistas; vive demasiado dentro de sí mismo para pensar en los demás. Que piensen ellos en él y lo empujen. El no pensará en ellos sino cuando sean sus instrumentos pasivos. Tiene todas las energías maternas, le falta su afectividad, su piedad samaritana. Ama las cosas, las almas le son indiferentes. Llorará a un perro, y ocultará lágrimas de duelo porque no lo crean débil, humano. Es déspota orgánicamente, y más capaz de perdonar al que le tema que al que le haya desafiado. Cree en Dios y en la iglesia, pero no respeta los altares.

Tal es el hombre en estado inicial o caótico, que se desarrolla, crece y se esparce, cuando la guerra civil se prepara a desencadenarse como un azote infernal. Y no está aislado; hay muchas almas como la suya, y él será su representante, así como entre sus enemigos se hallarán otras almas comprimidas esperando la hora de estallar, rugiendo con igual furor.

Capítulo III

¿Qué es la verdad? – El ego era. – Rozas no era sensual. – Se casa. – Nadie creyó en él como su mujer. – Fue calumniada. – La prensa enemiga de Rozas. – El silencio de la prensa tiene algo de deletéreo. – Todo conspiraba en favor de Rozas. – Por qué se hundió Rivadavia. – Los titulados "gobiernos serios". – Falta de idealidad patricia. – El puerto único. – La guerra con el Brasil es un desastre. – El país se achica, todo se relaja. – Rozas ad portas. – Dorrego no existe. – La Magicienne. – Aborto inevitable. – Lo colorado y lo blanco, antítesis.

Cuando no se habla de las cosas con una parcialidad llena de amor, lo que se dice no vale la pena de ser referido, ha escrito Goethe. Pero entonces ¿qué es la verdad, si no la verdad verdadera, la verdad tal cual la entendemos o la sentimos dentro de nosotros mismos? ¡Oh, no! que el amor nos conduzca a la caridad, a la indulgencia, a la bondad, convenido; que conociéndolo le pidamos al cielo todos los días que cada vez más y más nos aumente el tesoro de sus beneficios consoladores, eso sí; y, si no lo poseemos, que fervorosamente le roguemos, que por Dios se sirva iniciarnos en sus tiernas satisfacciones: he ahí un anhelo que, no teniéndolo, es de desear tenerlo. Pretendemos, pues, ser imparciales; no queremos ser parciales por amor; preferimos que no valga la pena de decirse lo que diciendo vamos, y proseguimos el *processus*.

La planta echaba raíces, crecía, se fortalecía: sus frutos serían la consecuencia natural del ambiente que se fuera formando a su alrededor. El *ego* era. Con sus repulsiones y sus atracciones, lo inevitable sería; y lo inevitable en tales expectativas y coyunturas es para la planta hombre lo que la irradiación solar para la vegetación, sin calor, la muerte.

Más que otro, un hombre fuerte, con eficiencia, con cualidades, tiende a reproducirse en la naturaleza y a completarse. Hasta en la vida vegetal, en lo sexual y lo asexual, podemos observar esa ley, en virtud de la cual se cumple el fenómeno de la reproducción solicitándose las especies.

Rozas, por lo mismo que no era sensual debía casarse joven, y se casó. Muchas mujeres, variedad, no necesitaba. No era naturaleza fogosa, era sencillamente un neurótico obsceno. La frase picaresca o cruda lo complacía, el ademán lascivo lo embriagaba, y más allá no iba por impulso. Una mujer era para él, ya maduro, asunto de higiene, ni más ni menos. Sus modos de expresión y de acción, sin rebozo, bufones a veces, contribuyeron grandemente, por el partido que de ello sacaron sus enemigos, a desacreditar en extremo su casa y a mirar en Palermo una especie de Trianón. Pagaban justos por pecadores; pues, por razones de parentesco, de amistad, de necesidad, de prudencia y de política, aquella mansión veraniega era frecuentada cotidianamente por avalanchas de familias, de gentes abigarradas –en las que había, como se comprende, de todo: excelente, bueno, malo, y así–así. Ni aun queriendo se forma un partido con pura canalla social. Y Rozas no quería eso aunque sus procedimientos, ya afianzado en la silla curul del mando, produjeran efectos contrarios. La oclocracia puede gobernar; pero entonces impera sólo la plebe.

No era el caso de Rozas, con ministros honestos como Arana e Insiarte, y tesoreros como Ezcurra y Urquiza (Juan J.) y presidente del Banco de la provincia como Escalada, y empleados de aduana como Marcó del Pont y Lavalle.

Fue su esposa doña Encarnación de Ezcurra, y nominalmente y en efecto, la encarnación de aquellas dos almas fue completa. A nadie quizá amó tanto Rozas como a su mujer, ni nadie creyó tanto en él como ella; de modo que llegó a ser su brazo derecho, con esa impunidad, habilidad, perspicacia y doble vista que es peculiar a la organización femenil. Sin ella quizá no vuelve al poder. No era ella la que en ciertos momentos mandaba; pero inducía, sugestionaba y una inteligencia perfecta reinaba en aquel hogar, desde el tálamo hasta más allá: hasta donde las opiniones, los gustos, las predilecciones, las simpatías, las antipatías y los intereses comunes debían concordar.

Y si Hamlet le dice a Ofelia: "Aunque seas tan casta como la nieve y tan pura como el hielo no escaparás a la calumnia", no debe maravillar que, doña Encarnación, haya sido calumniada. Era mujer de Rozas y bastaba. Los partidos no se contentan con los hechos, con las faltas, con los desmanes, con los delitos, con los crímenes que oprimen por su propio peso, necesitan también calumniar.

¡Cuantos errores, cuántos juicios, cuántas leyendas tan absurdas o estúpidas como indestructibles, no pasan así de una generación a otra, cegándola! El proverbio ruso dice sabiamente: lo que ha sido producido por la pluma no puede ser destruido ni por el hacha. Bacon, el gran Bacon, tan sabio como corrompido, lo sabía. La calumnia fue una de sus armas. Rozas la sintió, mas el instrumento se volvió contra la impostura; porque en política, sobre todo, una falsa imputación sirve casi siempre de cortina, sino para ocultar del todo, para evitar la transparencia completa de muchas realidades.

La prensa enemiga de Rozas, en la que escribieron algunos como Rivera Indarte, que antes había escrito en la *Gaceta Mercantil* , esa prensa que fue un espolón constante dando golpes terribles contra su pecho y su prestigio interno y externo —esa misma prensa lo sostenía con sus exageraciones.

Tiene a veces el silencio un no sé qué de deletéreo cuando se hace alrededor de los que necesitan que sus actos sean notados; callarlos es como un *de profundis*. Los derrotados no hablan, caminan mustios, con más o menos precipitación, meditando sobre los reveses de la fortuna.

Todo conspiraba en favor de la ambición de Rozas, ya fuera que él preparara los sucesos o que los esperara: el ejército que había pasado los Andes, después de sus victorias, a medida que se alejaba de la patria, prolongándose su campaña, veía la disciplina declinar, socavada por la petulancia impaciente de éstos, porque aquellos eran díscolos, porque los unos intrigaban y porque San Martín perdía algo de su prestigio, al ser comparado con otros caudillos, al propio tiempo que el contacto íntimo hacía posible descubrir algunas de sus flaquezas de hombre; las rivalidades entre morenistas y saavedristas –protoplasma elemental del federalismo y unitarismo en ciernes–, se proyectaban; las provincias, empobrecidas por los sacrificios de todo linaje, espontáneos o impuestos para hacer una nación independiente caían unas después de otras en manos de los que a poco andar habían de gobernarlas irresponsablemente; los vínculos de buena vecindad se aflojaban entre ellas, algunas manifestaban tendencias fortísimas a segregarse, el Paraguay y la Banda Oriental vivían así de una vida independiente; los ensayos de organización legal fracasaban tristemente, efecto natural, incontrastable de todo plan orgánico que pecando por el lado de la ideología científica no toma en cuenta el modo de ser nativo, los antecedentes históricos, la doble esencia del hombre, carne y espíritu, substancia y materia, atavismos, preocupaciones, hábitos como una segunda naturaleza, raíces hondas que no se pueden arrancar de cuajo sin que la fuerza que se creía centrípeta se vuelva centrífuga.

Rivadavia, que había sido un soñador y un utopista con ribetes volterianos, que no era un hombre de su época, comprensible en parte apenas ahora que se anticipó a los tiempos, que por eso se hundió, había sembrado nuevos gérmenes de anarquía. Será siempre la consecuencia ineludible cuando se olvide que "la ley es adaptación a las circunstancias sean ellas cuales fueren". O hablando de otra manera, cuando no se tenga presente que la sociología en cuanto ciencia política es ciencia positiva. Pero está de Dios que los hombres geniales han de equivocarse más que los que no lo son –cuando se equivocan.

Los que ensayan "gobiernos serios", para servirnos de expresiones consagradas, destierran ya sin forma de proceso a los que molestan por "insubordinación y altanería", y, suprimiendo de rondón el código militar; los estadistas de Mayo y de Julio, los que comienzan por querer ser libres, sólo autónomos, independientes después, intrigan, o buscan afanosos príncipes en las cortes del Brasil y de Europa, han perdido la fe en los destinos de América, su tierra nativa, y todo es desaliento, contradicción e incoherencia en ellos, soñando no ya con una república democrática de cualquier tipo sino con una monarquía cualquiera; no lo dicen, lo sienten, la dictadura lo confirmará, pues le han abierto el camino pensando: "no es tiempo, no estamos preparados". La misma geografía del país, vasto, dividido al naciente por inmensos ríos, el desierto, las distancias, los indios australes y boreales, la Pampa, el Chaco, y no queremos ocultarlo, no queremos ocultar nuestro pensamiento, la falta de idealidad, una imagen concreta del concepto Patria en vez de un concepto abstracto, es decir, otra visión que la del terruño, horizontes más vastos que los que se divisan desde el campanario de la aldea, día a día dislocaban, desvinculaban, anonadaban almas e intereses. No era artículo de fe la unión, no había trovadores que cantaran, teniendo la divisa de Félix Gras: "Amo mi aldea más que tu aldea, amo mi provincia más que tu provincia, amo la Francia más que todo". Y la federación nominal era instinto de conservación. En ese sentido los caudillos tenían razón de ser, se explican, se justifican, desde que la primer necesidad algo más que humana, *humanal*, es vivir –la planta y el mineral mismo necesitan vivir. Hay motines militares y ya se ha fusilado por razón de estado aquende y allende los Andes, cundiendo el mal ejemplo; el egoísmo metropolitano del gran puerto de acceso sobre el río de la Plata, es una fuerza económica enorme, pudiendo ser comparada a una gran herencia indivisa, sin testamento escrito, de cuyas rentas viven algunos, con más o menos dificultad, según el humor del que tiene la sartén por el mango administrativo: pero como todo egoísmo, engendra resistencias sordas que no se amortiguarán sino en razón de sus complicidades para sostener en el litoral tales influencias con detrimento de otras; las fronteras no existen, los indios las asolan, la propiedad y la vida están en peligro constante; la guerra con el Brasil, en sus efectos, es un desastre, una desmembración; los utopistas, los volterianos, los imitadores a la violeta de las reformas revolucionarias a la francesa, han suprimido los conventos y han ido casi hasta prohibir en nombre de la misma libertad, –la libertad de los votos monásticos; los unos aplauden, los otros protestan; la irreligión cunde, la poca *propaganda fide* de antaño se va como los dioses antiguos; el gaucho vive amancebado, no tiene mujer por la iglesia, tiene *hembra* –hay provincias donde la misma gente buena, decente, vive amigada, los mismos clérigos tienen familia visible; todo cuanto se hace es torpe, equívoco, extemporáneo; los tratados de amistad, alianza y comercio con los vecinos, que habían sida ayudados por las armas argentinas a expulsar al español, no se ratifican; el país se achica, todo se relaja, el nivel moral desciende, el idioma, los mismos sentimientos se bastardean, los paladines que han presidido la Nación, dándole después días de batallas gloriosas, son acusados de venalidad, el litoral no está conforme con las provincias coterráneas; en una palabra, las guerras por la independencia y con el extranjero apenas concluían y la guerra civil preparaba ya la anarquía; Lavalle llega, se pronuncia; Dorrego huye, la ciudad de Buenos Aires está, al parecer, por el vengador de Rivadavia; la causa de la civilización, del progreso, de la libertad real y efectiva están amenazadas; los colorados del miliciano don Juan Manuel de Rozas, propietario, rico, hombre de orden está *ad portas* ; todo pasa rápidamente, como el rayo, alzándose un cadalso, con el que se creyó sofocar la revolución, ¡ilusiones! y la hidra de Lernes mostraba sus siete cabezas enviadas por la fatalidad, ya que así se le llama a lo que no siempre se puede definir ni explicar; Dorrego no existe, Lavalle huye, Rozas se perfila y como nada ha de ser coherente en épocas revolucionarias, excepto la lógica de lo arbitrario, de las persecuciones y del menosprecio por los derechos del hombre, el mismo que más había de tener que habérselas después con el extranjero, es el primero en apelar a él, la fragata Francesa *La Magicienne (cherchez la femme)* decide de la suerte de Lavalle el 24 de junio de 1827.

Los sucesos estaban preñados de cosas siniestras, y uno de sus abortos, forzosa y necesariamente como la consecuencia natural de una premisa (y en ello no había cálculo, la masa está siempre de buena fe aunque su obcecación raye en el furor), uno de sus abortos, decimos, fue marcar más y más, hasta hacerla intensa, la antipatía entre la campaña y la ciudad.

La bandera empezará por ser la misma, después un trapo cualquiera; los distintivos desde el primer instante son casi opuestos: el rojo para los unos, el celeste para los otros. Y para que nada haya que pedirle a la irrisión de las contradicciones de la anarquía, los aliados o congéneres tendrán en las orillas cisplatinas –los que se creen representantes del elemento popular como divisa "lo colorado"; y los que pretenden representar el derecho "lo blanco", derivando de ahí algo de güelfo y de gibelino tremendo, tanto, que al meditar sobre ello, en estas horas de luto, pensamos en la *Tinieblas* de Byron: "Sólo un perro fiel le quedó a su amo. No se separaba de su cuerpo, lo protegía contra las aves de rapiña, las bestias y los hombres, y lamía sus manos entumecidas, dando aullidos desgarradores. Por último, él también cayó. La vida desaparecía en todas partes. No hubo por fin en la inmensa ciudad sino dos hombres... eran dos enemigos. Se encontraron, chocándose el uno contra el otro, al pie de un altar, habiendo ido ambos a mantener el fuego; soplando los carbones se percibieron, dieron gritos como alaridos y cayeron redondos, muertes, heridos por su "monstruosidad".

Capítulo IV

¿Había feudos? – Las campañas. – Legislación teórica. – Uni-
dad antropológica. – Había servidumbre. – Una de tantas artima-
ñas de Rozas. – Modos de hacer justicia. – Cosas veredes. – ¿Cuál es
el mejor evangelio? – Verdadero estado de las cosas. – Rozas consa-
grado restaurador de las leyes. – Desinteligencia entre el chiripá y el
frac. – Mal que resultó. – Una palabra de Sieyès.

No había feudos, ni señores de horca y cuchillo; pero las campañas por razones agrarias contenían algo de eso. El patrón vivía en Buenos Aires; iba poco a la estancia; muchos no conocían sus tierras capaces de contener reinos como la Bélgica, la Holanda, la Dinamarca.
Había el mayordomo, el capataz, la peonada, más o menos sedenta-
rias, y cuando llegaban las grandes faenas, las yerras, el gaucho erran-
te se conchababa por unos cuantos días. Luego volvía a su vida de cua-
trero, merodeaba, estando hoy con los cristianos, mañana con los
indios; y algunas provincias mandaban inmigraciones de trabajadores, periódicamente, que en el camino robaban cuanto podían. El patrón, hombre de influencia directa o refleja con el gobierno, conseguía
siempre para sus mayordomos y capataces alguna representación oficial, ya en el campo, ya en las villas del partido a que pertenecía.

De ahí un doble papel y una doble influencia; y como el paisano,
el gaucho, tenía que servir en las milicias y que surtir los contingen-
tes para la guerra civil y para la defensa de la frontera, dejando mu-

jer, o hembra, y prole abandonadas, aquellos, los patrones o los mayordomos o capataces, eran para ellos como una providencia –de donde resultaba cierto vasallaje.

La poca legislación existente era teórica, casi siempre letra muerta; *el empeño* valía más. "Obedezca y marche, pague y apele", eran expresiones proverbiales explicativas del hecho. Poco más tarde se inventó el "se resistieron" o el "quisieron disparar [5], y tuvimos que matarlos..."

Con las diferencias más o menos determinadas por los diversos modos de ser, variedad de industrias, dificultad para obtener trabajo y *orígenes* , las cosas iban casi así por el mismo camino en todas partes.

"Orígenes" hemos dicho y recalco sobre esto para hacer constar la circunstancia de que no había en el país unidad antropológica; del norte al sur, del este al oeste, las mezclas de conquistador con los autóctonos eran patentes: quichuas, guaraníes, araucanos, pampas, tobas, charrúas, la mar. En algunas provincias (ahora mismo sucede) el español no se entiende en los campos. En Corrientes, hay que saber guaraní; en Santiago del Estero, quichua.

El hombre de las campañas por doquier se consideraba oprimido, hasta cuando el mayordomo o el capataz era manso, por una entidad ausente, "el patrón", que vivía en Buenos Aires o en la capital de su provincia.

Era la servidumbre. ¡Y qué servidumbre! El patrón o sus representantes podían habitar con las hijas y hasta con la mujer del desheredado; ¿a quién recurría? O se hacía justicia por sus propias manos o agachaba la cabeza. Rozas sabía esto, y como había sido moral en ese sentido, su prestigio se concibe.

Cuando en sus estancias hacía justicia tuerta o derecha, sabía a qué atenerse. Conocía el carácter resignado y paciente del paisano; era mañoso y preparaba el terreno.

Una vez, citamos una de tantas de sus artimañas, como perdiera el lazo (lo había perdido ex profeso), se hizo aplicar veinte azotes con un maneador doblado, siendo el ejecutor un negrito que constantemente le acompañaba. Y así en una yerra, habiendo un gaucho, que

5   Disparar (argentinismo) – huir.

se creía muy ducho, alegando para no seguir trabajando "que había perdido el lazo", adquirió el derecho de hacerlo azotar por *maturrango*. Con sólo esta diferencia: que el que a él le diera no se atrevió a hacerle doler, y que el que al otro dio se lo hiciera sentir bien, enseñándole a ser "buen gaucho"; como que perder el lazo era, ni más ni menos, lo que para un cazador perder su escopeta.

Como se ve, hacerse el amo de casa justicia a sí mismo, con más o menos dureza, según su más o menos buena índole, era cosa corriente.

¿Qué pasaba mientras tanto en Buenos Aires, en las ciudades, en las villas, en las aldeas, allí donde había un amo y un servidor? *Ab uno disce omnes*. Y lo que sigue confirmará este aforismo: "el despotismo en el estado está asociado con el despotismo en la familia". ¿Se perdía, v. gr., en una casa una sortija, una cuchara, faltaba el pan o el azúcar, el vino, lo que se quiera? No se llamaba al comisario, ni al alcalde, ni a nadie que fuera autoridad o cosa parecida.

El conquistador, entre sus otros caracteres rígidos, tenía el del inquisidor.

Por otra parte, la sociedad colonial habría conocido y vivido siglos bajo el régimen que permitía hacer del indio y del negro importado de las costas de Africa una cosa, un esclavo.

Los únicos vientres libres eran los del blanco y sus descendencias más o menos cruzadas. En las casas ricas, y aun en las que sólo lo eran relativamente, siempre había un negrito o negrita, un mulatito o mulatita, un chinito o chinita.

¿Qué sucedía? ¿cómo se procedía? insinuamos más arriba. ¿Se hacían las averiguaciones; recaían las sospechas sobre alguno o alguna de aquellos? Pues no hay que hacer; se le azotaba... hasta que confesara. ¡Y cuántas veces los azotes no arrancaban falsas confesiones (qué no hace confesar el dolor), ¡y el culpable verdadero quedaba impune!

El alma de entonces no era distinta de la de ahora. Pero había un no sé qué de estoico, de severo en ella, siendo la regla de nuestros abuelos el versículo de la Biblia, "no le escasees al muchacho los azotes, que la vara con que le dieres no ha de matarle", o el proverbio español, "la letra con sangre entra". En las escuelas, las penitencias y reprensiones eran repugnantes o brutales: el cuarto de las pulgas o la letrina infecta, o el sótano helado, como encierros; y como castigo el chicote para las nalgas o los tirones de orejas que reventaban; la palmeta para las manos, pegando en la punta de los dedos juntos y sobre la yema. Los juegos entre los niños eran como para ejercitar la resistencia de la sensibilidad; los juegos populares en el campo y en las ciudades ponían a prueba el cuerpo. En el famoso Carnaval, a vejigazos y a huevazos (con huevos de gallina o pato, duros como piedras, cargados con agua podrida), se mataba a veces, acertando a pegar en las sienes, o se dejaba tuertos, haciendo saltar un ojo de su órbita. Hasta las mismas casas de nuestros antepasados eran frías. ¿Se amaba menos que ahora, de otro modo o más? Arduo problema que no habría preocupado mucho a Carlyle, discutiendo, por ejemplo, con el que pensaba que el amor es necesario en este mundo, pero que siempre habrá bastante; pues aquél ha escrito con su modo áspero: "En verdad que todo el asunto del amor es una tan miserable futileza, que en una época heroica nadie se tomaría el trabajo de pensar en ello y mucho menos de abrir la boca sobre el particular. Pero quizá no estemos en una época heroica".

Las costumbres no matan la sensibilidad; ella vive como un perfume herméticamente encerrado en una ánfora; pero la atrofian.

En nuestros tiempos contemporáneos hemos visto, después de haberse proclamado, derrocado Rozas, todo lo que su caída debía llevar aparejado, en honor de la dignidad humana, cumplirse esta orden en los cuarteles: "¡que se les apliquen dos mil palos!".

¿A quiénes?

A unos gauchos destinados al servicio de las armas.

¿Por qué delito?

No bastaba ya el haberlos arrebatado violenta y arbitrariamente de los hogares, abandonando hasta la esperanza, porque Dios sólo podía saber si al seno de su pobre rango volverían; era aún menester humillarlos martirizándolos.

¿En nombre de qué?

Es infamante decirlo; en nombre de este estribillo abominable:

"para que tomen amor al servicio".

Y los que esas órdenes daban y los que las cumplían (¡cómo no cumplirlas!) eran excelentes hombres, sanos de corazón, bondadosos, indulgentes, buenos padres, buenos hijos, buenos hermanos, buenos amigos, con la mano siempre abierta cuando algún necesitado –de cualquier jerarquía que fuera, oficial o individuo de tropa– iba a pedirles "cuatro reales" hasta para sus vicios. Los legisladores de antaño y ogaño, en vez de lanzarse en lo abstracto, antes de tiempo y con tanta precipitación, preparando las catástrofes, hubieran más bien debido aplicarse a corregir males reales, de orden sociológico, y no apurarse tanto en fulminar anatemas contra los que, al fin y al cabo, fueren cuales fueren sus debilidades, predicaban una moral.

Todos los evangelios son buenos; pero hay uno mejor que todos: el del ejemplo, y el que daban las autoridades laicas en las campañas no era como para infiltrar en el corazón de las masas, que el bien y que la luz va del centro a la periferia, de las ciudades a las campañas, donde no hay más distracciones que el trabajo y un sueño reparador, y que los ricos que duermen en lechos de pluma, que comen a manteles y arrastran coche, no son sus enemigos naturales.

Tal era el estado de cosas y no otro –habrá incapacidad en la pintura, los perfiles son los que dejamos delineados–, cuando Dorrego fue fusilado, creyendo firmemente Lavalle, a sus consejeros, que una cabeza que rueda concluye con el flagelo de las reacciones cuyo séquito fatal no es más que desesperación y luto.

Rozas, desde ese día de lágrimas, quedó consagrado como Restaurador de las leyes –Dorrego no había osado lo que Lavalle–, y las campañas resueltas a apoyarlo, seguirlo y sostenerlo contra los que, hemos dicho, según sus habitantes miraban con ojos antipáticos, considerándolos sus enemigos naturales.

En todo ello no había más que una aberración paralela.

Ni Robespierre ni Napoleón querían el mal. Ambos eran dos convencidos que creían en la eficiencia de sus medios. Rozas en este sentido fue sincero, abroquelado en su conciencia –en esa conciencia que lo hacía creerse irresponsable, por que la ley (¡estúpida ley!) lo armaba de facultades extraordinarias.

Sólo los hombres ejemplares, casi divinos, como Jorge Washington, no yerran.

Se comprende, pues, que no era moralmente posible que ante la actitud de Rozas –de buena fe, acaso la ambición la excluye– se comprende, repetimos, que hubiera en la ciudad mucha gente que pensara como la de la campaña y viceversa; en el fondo el chiripá y el frac no estaban reñidos; no se entendían, nada más.

Pero de ahí, y como sucede siempre que hay un malentendido, faltando los hombres de buena voluntad o los clarividentes que descifraran la clave de la desinteligencia, resultó otro mal: las afinidades burguesas que debían contribuir al éxito de Rozas.

Mas aún: el fenómeno es constante: esas afinidades desencadenaron iras y enconos, vilipendios y acusaciones, sospechas y denuncias, miedos y composiciones de lugar, debiendo reconocer que la palabra de Sièyes, interpelado por Napoleón, fue más profunda que cínica: "Y usted, señor abate, ¿qué hacía en tiempo del terror?" -"Vivir".

Si todos los hombres entendieran la dignidad personal del mismo modo, menospreciando igualmente la vida, ni los tiranos hallarían servidores –ni caídos se oirían instantáneamente vociferaciones horripilantes contra ellos, proferidas por los mismos que el día antes los aclamaban.

El hombre, ante todo, es un animal, y como tal lo que más ama es la vida; agreguemos que el miedo nos hace siempre verla en peligro.

Capítulo V

Veinte años después de 1810. – Se equivocan los rumbos – La expedición al desierto. – Fatales consecuencias. – Otra vez Rozas. – A la ley se le imputa todo. – Los que asienten y los que consienten. – Quién tiene la clave. – Los papeles privados de Rozas nada han revelado. – Lo interesante es inquirir. – Todos han derramado sangre. – El nirvana paraguayo. – Un mal gobierno no es un caso fortuito. – Voluntad y creencia.

Casi dos décadas han transcurrido desde que en 1810 la colonia se emancipa; una generación nueva se ha desarrollado; se ha guerreado, todo se ha ensayado fragmentariamente; no hay ley nacional; cada sección del virreinato desmembrado vive por sí y para sí; es pasmosa la incapacidad, la inepcia, la impericia, la escasez de hombres, aunque haya universidades de data colonial que produzcan ergotistas, doctores *in utroque* con la suficiente plasticidad e ingenio estrecho, para asesorar a los mandones de provincia, dorando las píldoras indigestas que *velis nolis* han de tragar los que algo alcanzan y los que no distinguen; todos son resabios; se quiere mal a todo lo que huele a godo: el *gringo* (el inglés, *gringo* no es un americanismo, llamaban así en España a la gente trashumante como los gitanos), el *carcamán* (el italiano, y por extensión todo *maturrango* (el que no monta bien a caballo, generalmente un español), aunque se reconozca que son un factor de trabajo, de riqueza, teniendo productos que cambiar; hay gran cansancio.

Es el momento de aprovecharlo. Brilla algo así como una estrella polar. Es un miraje. Se equivocan los rumbos. Rozas ha sentado un precedente. Se le tiene en cuenta. Hay indios, no hay seguridad para las vidas ni para las haciendas, y el indio está en todas partes, sobre todo en la provincia más rica y más poblada de gente y de ganados.

Una expedición al desierto se decreta. El, el hombre de los prestigios, señor en los campos, señor en la ciudad, *et par droit de conquête et par droit de naissance* , es el indicado.

Todo se organiza; marcha y no puede decir *fui, vi y vencí*. Esa expedición, de relativa utilidad, fue antes que una campaña para ensanchar límites internacionales, un negocio pingüe para la provincia de Buenos Aires y sus prohombres. Es una cuestión de catastro, que permite constatar la aserción. En todos los asuntos que no son cosa baladí, hay lo que se ostenta y lo que no se ve. Ese pensamiento tenía por consiguiente para Rozas una doble utilidad.

Y tuvo otras consecuencias desastrosas para la civilización: revolvió el avispero de los aucas, muluches, pehuenches, incorporó unos indios a la barbarie de las campañas, los pampas, y dio paso más activo a la inmigración araucana, con detrimento argentino y beneficio chileno.

Esta página apenas está escrita. Se resume en pocas amargas palabras: el sur de Chile se ha poblado con los ganados argentinos de Buenos Ares, de Santa Fe, de Córdoba, de San Luis, de Mendoza, e innumerables cautivos y cautivas argentinos —siendo materia de comercio, han regado con el sudor de su rostro de esclavos aquel suelo: Calfucurá y los ranqueles de Mariano Rozas eran araucanos.

Los aucas boroanos de Chile, y los aucas, moluches, pehuenches o pampas de este lado de los Andes, mezclados aquellos con chilenos, comerciaban activamente. De aquel lado venían palos de lanza, fierro puntiagudo y moharras, cuchillos, frenos, telas, abalorios, baratijas de toda especie, y sobre todo tabaco y aguardiente procedente de Valdivia y de Concepción. El tráfico no podía ser más lucrativo. Todo eso se permutaba por ganados y carne humana argentinos. Un caballo, una vaca, valían más que un cautivo muchas veces. El indio, antes que deshacerse, particularmente de un buen *pingo* , daba por una medida de aguardiente un "cristiano". La corriente de este cambio era: antes de las primeras nieves se cruzaban los Andes dirigiéndose los indios y los cristianos chilenos, éstos en poco número hacia Nahuel Mapu y las sierras de la Ventana y del Tandil; la cruzada duraba dos meses más o menos. ¿A qué seguir? lo demás es tan sabido, como que era el robo permanente y la guerra. Lo que no es muy sabido es que Carreras, el caudillo chileno, tuvo muchos indios a su servicio y que aquella escuela no redundó por cierto en beneficio argentino.

En este sentido Chile ha contribuido al retroceso, a la miseria, a la barbarie y a las lágrimas de la República Argentina cruelmente: *non ragionar di lor ma guarda e passa.*

La discordia, que no había muerto, que sólo dormitaba, volvía a hacerse sentir. No se vaciló: Rozas tornó a empuñar el bastón del mando, cuando se esperaba que todo entraría en quicio, un negro crespón comenzó a entreverse por algunos que algo ya habían aprendido: éstos se fueron, aquellos se quedaron, los unos para conspirar, los otros para plegarse. Es propio de las épocas revolucionarias.

Cuando la legislación no es adecuada, o porque ha envejecido, o porque no es adaptable a una nueva evolución social, a ella, a la ley, se le imputa todo, como si fuera la letra y no el espíritu el que gobierna las naciones.

No discutiremos si la filosofía es causa o efecto, signo o agente, como diría un licenciado alemán, si es el estado prusiano el que ha practicado las máximas de Hegel (en Alemania, la tierra del gran idealista Kant), o Hegel el que ha hecho máximas sobre las prácticas del estado prusiano. Pero sí afirmamos perentoriamente, que una de dos "o bebemos vino de Chipre y les damos besos a las muchachas bonitas, en aras del egoísmo vulgar, o si hablamos de estado y de moralidad, consagremos todas nuestras fuerzas a mejorar el destino sombrío de la inmensa mayoría de la especie humana". Las masas populares, se ha dicho con profunda verdad, tienen una conciencia muy neta de los males que experimentan, tanto más vivamente cuanto mejor va siendo su condición; y una idea muy confusa de los remedios que se les deben aplicar. Es indiscutible que después de la revolución hubo una mejora: la emancipación "como hecho" tuvo que producirla, y la produjo. Pero los patriotas no podían transformarse en un día. Leyes van, leyes vienen, todo es extemporáneo o retardatario sin verlo. Habrá protesta, sacudimiento, alguno se aprovechará de ello, y no habrán bastado la intención, ni la idealidad de los Rivadavia.

Necesitamos un gobierno fuerte se dice; los hombres de mejor voluntad lo piden, no viendo que el mal está en que siendo la ley deficiente ha gobernado lo arbitrario, habiéndole opuesto sus fuerzas refractarias los usos y costumbres; y esos hombres sanos, tomados por el engranaje, creyendo ¡qué candor! que podrán contener el torrente ayudan, cargan con responsabilidades insólitas y resultan partidarios de lo que no querían. Un bello día, cuando ya es tarde, se sorprenden en sus insomnios de cómo han tenido tanta energía moral. Pero lo que está hecho, hecho está. Se recobra la conciencia; la paz del alma se ha perdido y a veces algo más.

Esas situaciones siempre nuevas al parecer, viejas en la historia, como el traidor que sale de la propia casa, o el puñal de Bruto, se complican, se intrincan por múltiples causas: las rivalidades de familia, los celos consiguientes, las aspiraciones encontradas, la pobreza, la venalidad, la irresolución, el instinto de conservación, el horror a todo lo que se parezca a emigración –y entre la protesta ostensible y la conformidad, se opta por lo último, viniendo después los que "asienten" y los que "consienten", el espionaje espontáneo, la delación, todas las bajezas que el miedo o el cálculo vil sugieren.

Por eso se ve que el hijo se va, que el padre se queda sirviendo a la dictadura. Y es incalculable el número de los que no saben ni por qué asintieron, ni por qué consintieron, ni por qué se degradaron, cuando se les interroga años después.

No todas las cabezas saben, como sabía Sieyès, por qué hacía lo que se sabe durante el terror. Infinidad de hombres de bien están en el caso de Diderot, cuando habiéndole preguntado si podía explicar cierto pasaje de uno de sus viejos escritos, repuso: "Lo comprendía, ciertamente, cuando lo escribí, pero ahora ya no lo comprendo... he perdido la clave". Es el opresor, el déspota, el tirano el que lo sabe antes y después, aunque cuando ya no tiene el poderío no se preste a confesarlo; siendo curioso y hasta consolador que los que han abusado de las flaquezas de sus semejantes tengan en la hora postrera cierto pudor en no denunciarlos, como pidiéndole a la posteridad un poco de compasión por haber tocado sin miramiento todo resorte tendente a realizar sus desafueros.

Rozas se ha muerto con esos secretos. Sus papeles privados, digamos así, nada que ilustre en ese sentido contienen.

Lo que han escrito sus enemigos o sus detractores, los que de su defensa se han encargado, no han dicho nada que no se supiera de antemano.

Y para qué hablar de los que escriben, como juzgaba en París a *La Locandiera* un francés, que no sabía jota de italiano; es decir, por lo que leía en la cara de dos espectadores italianos que riendo de la sal ática de Goldoni, interpretado por la Duse, lo hacían reír a él. O como una señora de Mendoza que fue a ver a Monvoisin, de paso para Chile, con la pretensión peregrina de que le hiciera el retrato al óleo de su difunto marido, militar, del cual no tenía más recuerdo que el "uniforme".

No pudiendo negarse, como no se niega, que durante veinte largos años Rozas gobernó con la suma del poder público, todo está dicho. Tuvo que errar; no haber errado habría sido fenomenal.

Hay además en unos y otros el encaprichamiento de no dejarse convencer. Esto acontece siempre que la sociedad se divide en dos bandos; ambos pretenden tener razón. Lo interesante, según nuestro juicio, para el criterio histórico de los que el asunto aborden en lo futuro, con más documentación, con más calma y más sinceridad, si es posible; lo útil para la generación presente, consiste en inquirir, penetrando en las almas que ya no existen, PORQUE las cosas pasaron como se sabe (o se ignora que todos derramaron sangre), y poniendo en la balanza a los unos y a los otros asignarles caritativamente la parte de responsabilidad que les corresponde.

Un mal gobierno no es un caso fortuito. Ese efecto tiene una causa inmediata, mediata, visible o recóndita, impenetrable no. Sólo Dios es impenetrable. No se demuestra ni se prueba; se cree en él o no se cree. Cada cual tiene dentro de sí mismo la incógnita de su existencia. Sólo un loco puede preguntar: ¿podría usted darme una razón explicativa del ser supremo? Pero un mal gobierno, mejor dicho, lo que ha de ser un mal gobierno, tiene que provenir de un principio de casualidad más o menos complejo; y su duración, la persistencia del mal, de la calamidad pública con sus intermitencias –todo mal las tiene-, ha de estribar en hechos concomitantes. O en otros términos, y sin admitir que todo pueblo tiene el gobierno que merece (todos tienen derecho a pretender uno bueno desde que no hay gobierno que no sea una delegación, un modo de realizar cierto ideal), sostenemos que del modo de combatir un mal –el de ser un pueblo mal gobernado por años y años, depende la prontitud de su cesación.

La política tiene su terapéutica y lo que hace el sabio no puede hacerlo el empírico.

Luego en la sabiduría y en la prudencia de los que resisten debe residir, en parte, el secreto de que una enfermedad social esporádica no se haga endémica. Pueden aquéllos producir una calma chicha sin sangre como en el Paraguay, una especie de nirvana que conduce al sacrificio estéril tarde o temprano, o agravar la situación, combinando por decirlo así, la tiranía del autócrata con la tiranía de los acontecimientos, actos de fuerza de todo género; hacer, en una palabra, el juego de la astucia, facilitarle la partida de su predominio estable, aunque, perpetuamente amenazado en medio de incesantes contrariedades. La libertad no por eso deja de ser una reivindicación posible, si la red fenomenal no se ha relajado del todo. Estas reglas son generales y no cadena de hierro, según los principios de la metafísica y de la psicología.

Habrá, por consiguiente, que examinar más adelante, o se desprenderá de lo que se diga, de lo que los hechos y la acción personal arguyan, cuál fue la parte de *voluntad* y la parte de *creencia* que los argentinos pusieron al servicio de la tiranía.

De otro modo: habrá que ver, mientras los unos resistieron por todos los medios lícitos e ilícitos, palabra y acción, hasta dónde el asentimiento ha sido forzado y el consentimiento libre en los otros.

Si no, ¿cómo puede conocerse el alma nacional en momentos dados? Porque bien puede haber (es una tesis) "tal verdad desagradable que fuerce nuestro asentimiento sin que le demos nuestro consentimiento; es lo que pasa cuando apartamos la mirada para no ver esa verdad y buscamos razones para esquivarla y desautorizarla. Al contrario, cuando la verdad nos place el consentimiento se añade al asentimiento. Además, ¡cómo negarlo! la voluntad y sólo ella es la que suspende la afirmación, para que el espíritu tenga tiempo de examinar todavía; cuando las razones son insuficientes, y es menester juzgar, ella es la que toma el partido de la decisión. Luego ella es la responsable del error, si afirma demasiado pronto y sin datos suficientes o sin buscar todas las informaciones que están a muestro alcance".

Seguir desarrollando esta tesis sería apartarnos demasiado de nuestro método. Husmeando se puede averiguar casi todo. En historia, lo mismo que en el periodismo, hay el editor responsable. Estando en Santa Fe don Pedro de Angelis, le preguntamos un día: ¿Quién le sugería a Rozas ciertas ideas?

—¡Eh!

—Esta por ejemplo. –Y le mostramos la invitación para el funeral de su esposa.

— *Diávolo!* –exclamó– ¿Qué quiere usted? don Juan Manuel me encargó que le inventara algo, y a mí se me ocurrió eso.

Afirmamos, no disentimos. Tendríamos que discutirnos a nosotros mismos: lo inacabable. Y, al fin y al cabo, o se comprende o no intuitivamente esta palabra de Platón: "En el orden moral es menester percibir la verdad, no solamente por solo la inteligencia, sino con el alma toda entera".

Capítulo VI

¿Qué vieron los patriotas de 1810? – Españoles e ingleses en América. – Preocupaciones sajonas. – El latino es más humano en cierto sentido. – Repugnancias de ambos. – El negro en América. – El indio. – La congoja está en todos los corazones. – El hombre cosa, la encomienda. – Los jesuitas en el Paraguay. – Obra magna, o sea los sesenta y siete pueblos de Misiones. – El drama heroico de la guerra del Paraguay. – América, tierra de anomalías. – No es posible callarlo. – Renace en las almas la idea de Patria.

Una máxima napoleónica de guerra, "viendo de lejos se remedian los inconvenientes", es aplicable a este género de disquisiciones. ¿Vieron los estadistas argentinos, los patriotas de 1810, vieron de lejos, le tomaron el peso al pasado histórico para deducir de él leyes, formular principios y caminar hacia el porvenir con paso más seguro aunque fuera menos agigantado?

Una ojeada retrospectiva se impone aquí. Meditemos, en tanto que con unas cuantas plumadas medio trazamos el gran cuadro, grande como un espectáculo con el escenario en dos hemisferios, tan grande que él sólo reclamaría un grueso volumen y una pluma eximia y vigorosa

El Nuevo Mundo, la América fue conquistado y colonizado por el Viejo, la Europa, digamos, siendo sus grandes representantes en la obra más considerable de los tiempos modernos –considerable bajo la múltiple faz social, económica y política-, la España y la Inglaterra.

España, después de una lucha de siglos, acababa de expulsar a los moros, los cuales le habían llevado, no obstante, una civilización que los godos no poseían.

Inglaterra, preludiaba lo que vendría con Isabel y con Cromwell.

España, arrojando musulmanes de su suelo, sostendría la Inquisición y gobernaría con el cardenal Jiménez, hasta que fuera Felipe II, ese monarca prototipo.

Inglaterra, llevando al cadalso un rey después de haber decapitado reinas, engendraba a Cromwell y preparaba un éxodo.

El vasto continente americano se dividía así en dos herencias enormes: al norte, los sajones; al sur, los latinos; sangre y religión, idiosincrasias y atavismos distintos; y a la manera de un organismo que debe perfeccionarse o periclitar según sean sus funciones, una decadencia inicial y un poderío incipiente alborean, por decirlo así, en los horizontes turbios del porvenir.

Los unos van con sus dioses lares y sus penates, mujer, familia, hijos, con su religión y sus costumbres.

Los otros con sólo su cuerpo, su espada y la cruz. Ambos son fuertes, tendrán que luchar y lucharán hasta vencer o morir; lucharon contra todo, contra las borrascas, contra la inclemencia del clima, contra las bestias, contra el hombre.

Quieren ambos fuertemente y no quieren completamente lo mismo.

El sajón tiene preocupaciones invencibles. El latino es más humano en ese sentido. Pero ambos creen firmemente que *Servilus est contitutio JURES GENTIUM quo quis dominio alterius CONTRA NATURAM subjicitur* ; en romance: la esclavitud es una institución *de derecho de gentes* , en virtud de la cual un hombre domina a otro contra los preceptos de la naturaleza. Así, siendo antropológica y substancialmente diferentes, ese guión los une.

Donde hallen un aborigen, un indio, lo combatirán para reducirlo, esclavizarlo, o exterminarlo. *Homo homini lupus.*

Para ambos son raza inferior.

Pero el sajón la repugna, para el coito, con la mujer de color. Por otra parte ha llevado consigo hembra.

El latino, sintiendo con más ardor las necesidades de la carne, entronca donde puede. Y usa de todos los medios para arrebatarle al indio su cónyuge: el acero y la traición.

El sajón no; también aquél, el indio, es refractario a sus solicitudes de redención (al contrario del azteca y del quichua); no hay como catequizarlo, no se empeña mucho en ello; prefiere combatirlo, acabarlo, enseñorearse de su tierra, de su heredad natural, sin connubio en forma alguna. No se mezcla.

Y mucho menos absorberán sus hijos leche de nodriza de color si la madre no la tiene; primero que mueran.

En contraposición al latino, ya con sangre árabe en las venas, sangre africana, no sólo se mezcla, sino que introduce en su casa el ama de leche de color.

Sólo después de algún tiempo la emigración de ambos sexos va de la madre patria a las Indias, y el europeo entronca ya menos con el natural.

Los dominios del sajón y del latino se extienden. El clima es tremendo para unos y para otros en las zonas tropicales e intertropicales. Con aquel sol que cae a plomo, con aquellas humedades y con aquella fermentación, el cultivo del azúcar, del café, del arroz, del tabaco y de tantos otros productos riquísimos, es imposible para el europeo; los mismos mestizos no lo acometen sino de mala gana y a riesgo de la vida. Es menester el negro, de Africa; la trata asume proporciones increíbles.

Este comercio bárbaro, cruel, propio de aventureros, de piratas, de gente desalmada, influye diabólicamente en las costumbres del colono.

En el Norte de América, sólo en lo que se llama la Nueva Inglaterra y en el Canadá, no pisa el negro: no era necesario, y es mirado, lo repetimos, lo mismo que el hombre nativo de color, como raza inferior en las otras secciones, en la parte del Sur, en todo aquello conquistado por latinos –franceses y españoles– en lo que siglos después formó la confederación separatista dando lugar a la guerra de secesión; el negro es implantado y el mulato viene naturalmente.

En Méjico basta el indio; pero también se recurre al negro. Y en las demás partes del continente, desde Panamá al Plata, por doquier hay negros, esclavos.

El Brasil, dominio colosal, los importa incesantemente; y el portugués, duro como el español, con la negra cohabita y algo como un feudalismo *su generis* se forma de todos aquellos propietarios de ingenios, en los que el látigo, el tormento y la concupiscencia hacen su obra abominable de promiscuidad, de barrera permanente, de odio, largo de derribar, para que la civilización penetre en aquellos bosques seculares, en aquellas soledades, en aquellos ríos caudalosos como mares.

No se oye el lamento de las almas: la avaricia implacable lo ahoga. Pero la congoja está en todos los corazones como una fuerza inmanente en lo más recóndito del microcosmo colectivo. No hay heraldos que la pregonen; los vientos la hacen andar, y la solidaridad del dolor, como lamentaciones de Jeremías, vaga por lo infinito hasta que llegue el instante solemne de las reivindicaciones.

Sólo Chile se sustrae totalmente a aquella calamidad. Aquí quizá, en su homogeneidad, está el secreto de su fuerza interna y de expansión.

Tampoco el Paraguay ve negros, y lo que ahora es República Argentina sólo los hace llegar a sus playas en pequeña escala. Dentro del marco de este cuadro hay que colocar al indio. No es esclavo como el negro. No ha sido comprado o robado en la costa de Africa; es semiesclavo, es siervo donde no resiste siendo nómade o jinete [6], irreductible como en la Pampa y en Arauco. Pero allí donde hace vida sedentaria, agrupado como animal gregario, el rey de España lo convierte en *encomienda*, adjudica, como adjudica la tierra y otros beneficios para sus servidores. La legislación de Indias es menos dura que la espada del duque de Alba. Pero tiene el sello frío, como la hoja de un puñal, del alma de los antecesores de Felipe II.

El negro es cosa venal, el indio un animal transmisible, y toda entidad no española, sólo goza de derechos relativos, como un favor de padre y madre, que a mansalva puede desheredar.

Y, sin embargo, sobre todo aquel cielo americano se cierne el espíritu del Dios de los cristianos, es cierto que representado, muchas veces, por unos obispos típicos cuyos ejemplares hay que ir a buscarlos en los anales del papado en sus horas de perversión.

6   En América no había caballos, los conquistadores los introdujeron. Pero el indio en el Sur pronto aprendió a servirse de ellos. Véase mi libro: *Una excursión a los indios ranqueles*.

Sólo los jesuitas en el Paraguay realizan una obra humana, filantrópica, evangélica –dígase lo que se quiera, cualesquiera que fueran sus fines ávidos ulteriores-, obra inaudita bajo el triple aspecto moral, social y económico.

El marqués de Pombal, en Portugal, y el conde de Aranda, en España, dos enciclopedistas enemigos, de todo cuanto oliera a clericalismo, tenían, pues, que atentar contra aquella hazaña cristiana, y atentaron.

Aquellos sesenta y siete pueblos enclavados en la región más rica de la tierra, más saluble, bañada por dos ríos de aguas puras, abundantes –como una bendición del cielo-, aquella comarca donde todo nace y crece alto, fuerte, frondoso, comarca en la que casi llueve el maná; aquellas cinco mil leguas cuadradas, con una base de doscientos mil trabajadores, con una expansión igual de otras cinco mil leguas de pastos naturales envidiables, era una conquista como para concitar la envidia, la insaciable codicia de monarcas que no se hartaban por otra parte con nada; y aquella vida patriarcal y aquel esfuerzo inteligente eran un contraste y una protesta contra tanta brutalidad nefasta como la que ofrecía el espectáculo desde Panamá al virreinato del Río de la Plata.

Un pedazo de tierra en el mundo donde no había ricos ni pobres, ni opresores ni oprimidos, sino una colmena de trabajadores sumisos, obedientes, fieles a una religión predicada desde la cátedra y por el ejemplo –era algo nunca visto, que debía perecer por la violencia combinada con la perfidia, y pereció, siendo Bucarelli el ejecutor de las órdenes del rey, en virtud de las cuales doscientos setenta jesuitas fueron embarcados para España.

Singular e inescrutable fenómeno que a las más graves reflexiones se presta; curioso hecho: nos referimos al germen dejado por los jesuitas en el Paraguay, tierra teocrática guaranítica. Ese germen facilita el camino de Francia, el dictador maníaco, salido de los claustros universitarios de Córdoba, especie de nivelador extravagante, que suprime las clases sociales, que manda abrir y cerrar las puertas, comer y dormir a la misma hora, y hasta pensar...; facilita, decíamos, el camino de sus sucesores menos originales que él, siendo más inteligibles, más humanos, en cuanto el poder tenía para ellos goces materiales que el otro no parecía apetecer.

Ese hecho es un pueblo manso, que todo él sabe leer y escribir, cuya vida es cuasi vegetativa, que ignora que hay un más allá físico, que no tiene, en una palabra, idea mundial, y cuyo pueblo fanatizado por el espíritu de obediencia pasiva cae expirante como los espartanos de Leonidas, salvándose apenas unos pocos, que no alcanzan siquiera para contar el número de los que murieron, no por la patria, sino por "un hombre".

Este drama heroico no está escrito. Es único en los anales de las guerras antiguas y modernas. Cuando después de la victoria final de los aliados se levantó un censo, había diecisiete mujeres para un hombre, y tres cuartas partes de la población había perecido (en América, donde, según un pensador, cuyas obras ha mandado imprimir el Congreso argentino, "gobernar es poblar").

Es que Sud América es la tierra clásica de las anomalías y de las contradicciones. Por eso, si Dorrego hubiera pensado como Lavalle, Dorrego habría mandado fusilar a Lavalle; así como Rozas, que explotó en su favor el que Lavalle obligara a súbditos franceses a formar en el ejército, obligó después a lo mismo a los españoles. Por eso es que Rozas tenía indios pampas en sus filas; y más tarde se ha visto a sus congéneres araucanos con Baigorria, combatir contra Urquiza y -¡que la civilización se cubra el rostro con el velo del pudor!- después todavía pampas unidos a cristianos peleando por los derechos del ciudadano conculcados, intentaban revolucionariamente corregir los actos de un Congreso. Por último, no es posible callarlo, quedaría trunca esta página (que la civilización se descubra el rostro si quiere): pampas y araucanos y todo cuanto antes robara a los cristianos o fuera su aliado, ha sido acuchillado...

Pero es que, en esta coyuntura, si la amplitud de miras hacía cuentas con la clemencia, los límites de la patria quedaban, como antes, en prospecto, reducidos a una fantasía como el título posesorio tantas veces invocado para reivindicar las Islas Malvinas.

Así, lo que se ha llamado imperfectamente la "Conquista del desierto" es el hecho más trascendental de la historia sudamericana, desde la era de la Independencia hasta la caída de Rozas y Pavón, en cuya batalla expiró el caudillaje antiguo. Victoriosa por doquiera la invencible espada, trazó las grandes líneas de los derechos territoriales argentinos *per in eternum*. La obra fue grande y fecunda, como en cierta medida fue útil para el ensanche de la provincia de Buenos Aires la expedición de Rozas, preparando su reelección. Pero la una fue obra eminentemente nacional [7], con efectos políticos, y la otra local, aunque en ésta tomaran parte, *et pour cause*, otras provincias. En uno y en otro caso, no todo fue fructífero.

La acción de Rozas indujo a su dictadura. La ocupación de los dominios argentinos, por sus armas, hizo que Chile pensara más seriamente en propagarse por el norte, llevando la guerra contra Bolivia y el Perú.

Y los estadistas argentinos incurrieron en el mismo error de Rozas; éste ayudó a Chile contra Bolivia; aquéllos abandonaron a su suerte a Bolivia y el Perú, colaborando por la inercia en la obra audaz de Chile, que coronó sus victorias haciéndole saber al mundo que era señor incontrastable del Pacífico, donde su hegemonía no es una ilusión como lo fue la de Bolívar cuando desmembró el Perú.

Como se ve, habían pasado los tiempos en que argentinos eminentes incitaban a Chile a apoderarse del estrecho de Magallanes, en que Ferré intentaba descuartizar la República, promoviendo la confederación de Corrientes, Entre Ríos y la Banda Oriental. Sin la oposición del general Paz, ¡quién sabe lo que acontece! Aunque empedernido en sus prevenciones sectarias, tenía vistas de patriota. No era un individualista procesando el credo *ubi bene, ibi patria*. En una palabra, la IDEA de patria estaba de nuevo en las almas, como estuvo en mayo de 1810, vagamente. Pero estaba. La guerra civil, el caudillaje, no habían podido aniquilarla. Los hombres divididos sobre tantos otros problemas, por causas tan varias, se agrupaban al fin alrededor de esa *idea* que, siendo una bandera común, "rehace incesantemente la unidad que la política deshace todos los días".

---

7   Realizada por el general Roca, bajo la presidencia de Avellaneda.

Capítulo VII

Los españoles durante la guerra de la Independencia. – No eran mejores ni peores que los criollos. – Concha y Liniers. – El hecho consumado. – Todo se repite en la historia. – Los degüellos de los años 40–42. – Quiénes son los culpables.- Las anécdotas en la historia. – Flaquezas humanas. – Al cuartel por la pinta. – Filosofía del hecho.

"El hombre no es un ángel ni una bestia". Los españoles eran hombres, individualmente mejores que las leyes del Rey para fijar sus derechos colectivos en la explotación de la colonia que abarcaba medio mundo nuevo. Su conducta durante la guerra de la Independencia no arguye lo contrario; resistiendo o perseguidos no eran mejores ni peores que los criollos, sus descendientes.

No es menester abundar en comparaciones ni en ejemplos. Es el caso de exclamar: tales padres, tales hijos (¿o no somos descendientes de españoles?).

Baste, pues, una sola referencia, en corroboración de lo que venimos afirmando.

Revolucionarios eran los patriotas. Pero como desde el principio de la guerra por la libertad y la independencia, muchos nombres y palabras no habían de ser representativos de las cosas, "revolucionarios" era la denominación que se les daba a los fieles vasallos de su majestad el rey de España.

Ya sabemos que la guerra jamás tomó de consejera a la clemencia. Y si traemos a colación un episodio que una vez más lo pone de manifiesto, no es seguramente con la idea de demostrarlo. Sería banalidad.

No. El hecho, siendo real, indiscutible, responde a otro sentimiento, a saber: que nada de lo que venimos afirmando se resienta o parezca resentirse de un propósito deliberado, de hallar en las almas más cálculo frío y menosprecio por la vida de nuestros semejantes, más crueldad, de lo que se contenía en el ser americano, puro de mezcla o mezclado.

Ya se sabe también que en las horas anormales de una revolución, cualquiera que sea la causa del estallido, más o menos popular, jamás prevaleció tampoco la máxima *dura lex sed lex* , sino la contraria: *salus populi suprema lex est*. De modo que al recordar uno de los primeros actos de Moreno, acto enérgico, la toma de Cisneros, de Caspe y otros personajes, aprisionados el 31 de junio, embarcados en un bergantín mercante con bandera inglesa y despachados con viento fresco (pero con vida) con rumbo a las islas Canarias, no puede ser, y no es nuestra intención confirmar el conflicto inevitable de aquellos dos aforismos en circunstancias violentas.

¿Qué queremos entonces? Marcar el proceso natural ascendiente de lo inevitable. Se comienza por desterrar o por encarcelar, y después se alza la horca. Liniers, Concha y sus compañeros no podían sustraerse, y no se sustrajeron a la dura ley de la necesidad revolucionaria, y la Junta, cuya alma estaba animada por el fuego de Moreno, viendo que Vieytes no se atrevería, envió a uno de sus miembros más exaltados, a Castelli, que no vaciló.

Y Concha y Liniers (Liniers, que había rechazado al invasor del suelo americano, invasor armado no contra los indios sino contra los colonos) fueron fusilados con los otros el 26 de agosto, en la Cabeza del Tigre.

Ese acto no tiene, como el del duque d'Enghien, pasado por las armas inútilmente, más que un nombre: se llama asesinato.

Fue una mancha, ni más ni menos que una mancha fue el sacrificio de Osorio por Ayolas, cuando en la hora prístina de la conquista los hombres eran inducidos y gobernados por otros intereses y otras pasiones.

Como ante todo lo que es extraordinario, el hecho consumado halla, sin excepción, una buena razón, extraordinaria a su vez, para justificar lo injustificable (juzgado por la razón fría), Moreno ha sido vindicado de aquel crimen: que quería abrir un abismo entre la revolución y los realistas.

¿Y qué más abismo que la antítesis irreductible entre la libertad y el vasallaje?

Algunos años después, y como todo se repite en la historia con modificaciones externas y causas sustanciales más o menos acentuadas y profundas, el paralelo se había de presentar a la meditación de los que reflexionaron sobre las constantes zozobras del género humano.

Ya hemos hablado de esto al referirnos al episodio de la fragata *la Magicienne*, a Lavalle, que abdica, que se refugia en la Banda Oriental, teniendo, quizá, el mismo fin que Dorrego: Dios sólo lo sabe.

El atento lector que sigue a todo autor en sus referencias al moralista, al filósofo, al historiador –que lo compulsa, que lo juzga, que piensa como él, que disiente, que discute, que protesta mentalmente contra sus afirmaciones, contra su criterio, contra sus teorías, contra su método deductivo a la manera de Platón o de Campanella, distinguiendo entre probar científicamente y demostrar lógicamente– ese lector podrá pensar quizá que, si no nos contradecimos, por lo menos no concordamos exactamente con algún tópico avanzado al principio de este Ensayo.

Hemos exclamaj11do que: "gracias al cielo, hasta allí donde grandes y espantosos crímenes se cometen, la premeditación directa absoluta e inmediata es más rara de lo que piensan ciertos moralistas adocenados". No es una tesis: es como un desahogo anticipado del alma oprimida ante la contemplación mortificante de lo que para ser veraz habrá que exponer, a la manera que se despliega una inmensa tela representando un cuadro sombrío de exterminio, de sangre, de muerte, ¡horror!

La razón de estado lleva siempre aparejada la premeditación directa, absoluta e inmediata. Es el caso del fusilamiento del duque d'Enghien, de Liniers y de Dorrego. Los móviles son diferentes, los efectos son idénticos. Se buscan las circunstancias atenuantes para no calificar el hecho de "asesinato"; no se las halla. La conciencia grita: pudo evitarse; otra moral política lo habría evitado.

Pero las cosas cambian cuando de lo particular pasamos a lo general, de lo individual a lo colectivo, de lo personal a lo anónimo. Hay algo como una antinomia.

Aquí las circunstancias pueden no ser del todo atenuantes; pero por no serlo del todo no dejan de existir, y pueden hasta cierto punto dar margen, ser motivo racional; si no para absolver, siquiera para no fulminar una sentencia, cumpliéndose la ley del talión, que el que a hierro mata a hierro muere.

Las jornadas de septiembre de 1792 pudieron bien provenir de las insinuaciones del séquito de algunos demagogos; sin ciertas causas concomitantes, sin la coincidencia de una situación exterior sin precedentes, la exasperación popular de París, lo ineludible, no habría sido posible llevar a cabo un plan de exterminio, más flotante en la atmósfera que deliberado en la cabeza de uno o de algunos.

Los degüellos de los años 40 a 42 en la República Argentina entran en la categoría, aunque sólo por aproximación, de aquellos bárbaros atentados.

Estas consideraciones no amenguan la responsabilidad de los autores y factores verdaderos de tamaños atentados de lesa humanidad.

Sirven, primero para explicar el génesis de una serie de errores, de faltas, de crímenes horripilantes, el furor de los energúmenos en la capital y fuera de ella, el rencor, la saña, la fiebre de unos y otros, ese paludismo político, cuya patología, lo mismo que su terapéutica, son arcanos sociológicos durante la lucha. Sirven después para explicar hasta lo que llamaremos la parte de esa fatalidad que tiene por nombre "la ocasión". Mas aún, y finalmente, sirven para explicar lo que corresponde a la herencia, al atavismo de la vida, del ejemplo, de las prácticas de las costumbres en el pasado.

De donde resulta inapelable la palabra de la Escritura: "es imposible que el leopardo cambie sus manchas o que el negro haga que su piel se vuelva blanca".

Todo esto es poco consolador. Mas arribamos a esta conclusión. No pedimos nada contra el verdugo: nos inspira lástima; ni menos pedimos para la cuchilla inerte que troncha la cabeza. Son los que están entre telones, en las bambalinas tenebrosas, tras de la guillotina, los que ordenan, los culpables; es Robespierre, con sus secuaces.

Que Rozas mandara degollar o que consintiera que se degollara, nos es indiferente. Si tenía el poder de mandar no hacer, en vez de mandar hacer, él es el responsable y el culpable: el tirano. Y si dejaba hacer de miedo de las turbas populares felinas caldeadas por él mismo, también es responsable y culpable: el tirano.

En cualquiera de ambos casos en que nos coloquemos, no resultan circunstancias atenuantes sino para los instrumentos, que no deliberaban, que podían ser en su hogar hombres con entrañas.

No somos un archivo humano parlante como Tácito, ni pertenecemos tampoco, según la expresión de Mérimée, a la categoría de aquellos que sólo aman de la historia las anécdotas. Reconocemos nuestra deficiencia al parangonarnos con el autor de los *Anales*. Pero las anécdotas pueden servir para rematar un capítulo y demostrar, hasta cierto punto, que, si el alma colectiva va hasta la demencia en el crimen, sólo en el alma del solitario, del hombre aislado, del misántropo, pueden descubrirse negros abismos de perversidad, glaciales como una noche sombría del polo.

Era un día de junio, allá por 1842.

Tres hombres caminaban por la acera de la Legislatura, opuesta a la de la casa donde vivía Rozas.

Eran miembros de la "Sociedad popular Restauradora de las Leyes" *(sic)*.

Vestían el traje del emponchado, y se llamaban Troncoso, Badía y... este último murió también ahorcado después de la Revolución que se ha llamado de Lagos. Su hijo, salvándolo la capilaridad social, un amnistiado de la democracia igualitaria, ha pasado a mejor vida, honrado por relevantes cualidades cívicas; con el incontestable mérito, no poco honroso, de haberse formado a sí mismo, contra viento y marea, sin prosapia gloriosa, o respetada, luchando brazo a brazo contra la fatalidad de su destino. No ha sido el único...

Llegaron esos tres emponchados a la bocacalle, ahora de Bolívar, esquina del diario *La Prensa*. Allí se detuvieron, poniendo uno de ellos la pierna a caballo sobre el poste tradicional.

Detrás de ellos iba un sujeto respetable, diputado, que acababa de salir de la Legislatura, dirigiéndose a su casa habitación, que quedaba en el barrio de Santo Domingo.

Era un hombre de bien, nacido en pañales finos, de talento, uno de los tantos que ha cargado con más responsabilidades de las que en justicia le corresponden, por haber asumido, a pesar suyo, esa actitud de complicidad lamentable, que conduce a la apatía del espíritu público comprimido, que afianza lo arbitrario, y que tanta severidad halla entre los profesores de patriotismo que han puesto el cuerpo en salvamento, por convicción o por terror, por los móviles impulsivos que se quiera, no sin reconocer que no todo el mundo puede emigrar, máxime si los países limítrofes son más pobres que la tierra nativa misma, y se tiene numerosa familia o algún otro poderoso imán de esos que subyugan y retienen.

Hemos conocido un hombre intrépido, bravo como las armas, que fue confidente de Rivadavia, que por estar casado con una mujer joven, mucho más joven que él, portento de belleza cultural, de donaire, de espíritu gentil–hombre quizá llamado a derrocar a Rozas, a quien sirvió, murmurando siempre, viendo el fin, y comprometiéndose no obstante cada vez más-, porque aquella hada que no pensaba, ni sentía, ni miraba las cosas como él, aunque lo amara, lo tenía aprisionado con sus encantos de Dalila irresistible.

¡Quién no conoce las debilidades, las flaquezas, las contradicciones de Benjamín Constant el día mismo de la derrota de Francia en Waterloo, muriendo de amor por madama de Récamier!

Los cuatro hombres se encontraron, saludando respetuosamente los tres del poste al diputado.

—¿Y qué hacen aquí, amigos?

—Estamos esperando a aquel "salvaje" para llevarlo al cuartel...

El diputado se estremeció: conocía la fórmula; era el cuartel de Cuitiño (la degollación). Dándose vuelta vio, en efecto, que detrás de él había venido caminando lentamente (acababa de salir de la barra de la Legislatura), un sujeto del más decente aspecto, muy esmerado en el vestir.

—¿Cuál?

—Aquél.

No podía quedarle duda. Fingió disimular su emoción: el peligro era inminente...

—Pero, amigos, ¡si ese caballero es un buen federal!

—Pues, señor, nosotros hace días que por la pinta lo teníamos clasificado de "salvaje".

—¡Qué!, si es hasta practicante de mi estudio.

—¡Ah! entonces es otra cosa.

El de la "pinta de salvaje" llegó inconsciente, tranquilo; fue presentado, saludado y...

—Bueno, pues, amigos, ya saben; adiós, hasta otra vez, que les vaya bien.

Y dirigiéndose al otro:

—Vamos pronto, que es tarde.

—Adiós señores –balbuceó este, ya algo turbado; los nombres sólo lo habían helado.

—Adiós, paisano; mucho gusto de haberlo conocido.

El diputado apuró el paso, tomando a la derecha por la calle de Bolívar: el otro le siguió.

—Camine ligero, amigo –se apresuró a decirle-, no sea que estos bárbaros reflexionen, se arrepientan y quieran llevarnos a los dos al cuartel.

El que así hablaba era el doctor don Lorenzo Torres; el otro el doctor Carballido, de la conocida y respetable familia de ese nombre, persona honesta a carta cabal, mansa, de andar acompasado, irreprochablemente vestido siempre, limpia la camisa y demás prendas, y constantemente de sombrero de copa y de levita; uno de tantos que vivían tranquilos porque pertenecían a los anodinos, estudiando y trabajando, que sólo entendió bien cuando don Lorenzo se explicó más claramente...

La chaqueta no era "pinta de salvaje unitario". Entre la levita y la chaqueta había un mundo de preocupaciones, apenas un ápice entre la vida y la muerte. La chaqueta era más que un gorro frigio en la cabeza de un *sans culotte* ; era una especie de pasaporte sagrado.

Pero no todos los que la llevaban eran hombres de gritar, ni de oír gritar sin horror: "¡a la linterna!" "¡al cuartel!"; había mucha pasividad, esa resignación de que resultan tantos cómplices que en paridad histórica no son sino carneros de Panurgo.

Capítulo VIII

Pobreza en 1810. – Civilización, cultura y progreso. – Paso de la homogeneidad a la heterogeneidad. – Atraso del país. – Rivadavia y Dorrego dos utopistas. – Lo que una familia necesitaba. – La higiene. – Prosopopeya de Rivadavia. – Unitarismo y federalismo. – Todo mentía, las palabras y los hechos. – Rozas naturaleza contradictoria. – Coloquio a bordo del Conflict entre Rozas y Jerónimo Costa.

El país era muy pobre en 1810.

Había grandes propietarios de tierras, de ganados, pero su valor era relativo. Hasta casi cincuenta años después, una testamentería se arreglaba con dificultad, porque heredero había que objetaba: "yo no quiero ese campo: tiene muchas yeguas y me va a costar un platal sacarlas".

Por el lado del Pacífico los propietarios de vastas heredades no abundaban tanto; pero las fortunas eran más sólidas, más constantes y sonantes; había más plata y oro en razón de la riqueza minera.

La civilización por ahí andaba. La cultura estaba concentrada en algunas ciudades doctorales, con universidad. Lo uno y lo otro no deben entenderse al pie de la letra, o sea según lo que esas dos palabras implican, o tienen de comprensivo en la terminología moderna.

Historiar la civilización y la cultura –la marcha de la humanidad hacia lo que ahora se entiende por progreso-, es más fácil que definir una y otra. Nadie lo ha hecho.

Emerson es quizá el único que ha hallado una fórmula; pero es vaga, demasiado sintética, cuasi paradójica, como cuando se dice que el "hielo contiene mucha civilización" o, lo que tanto vale, que los pueblos más ricos o más adelantados son los que han tenido y tienen que luchar contra el frío; bien entendido, un frío que no sea como el de Groenlandia.

Emerson dice que la civilización no se define sino por negociaciones, lo que vale tanto como esto: el hombre es civilizado en razón directa de sus necesidades.

La cultura, según un concepto tácito y lo que reza de los diccionarios, ofrece menos dificultades de definición.

Por ejemplo, algo que hemos leído en un diario italiano, *Il Mattino* de Nápoles; del 24–25 de agosto de 1897 con motivo de un discurso de D'Annunzio, solicitando el sufragio activo para sentarse en el Parlamento, nos parece inteligible; si no define, explica tanto como si definiera. Mas es necesario conocer bien el pasado de Italia para no encontrar ese algo antitético, con la idea preconcebida, pues, así como en una metáfora o catacresis va implícita una palabra que no existe, aquí en la frase "arte escogido como base", se contiene el concepto cultura.

"En toda la historia italiana, tan obscura y tan frecuente en manchas de fango y de sangre, nosotros tenemos siempre el arte escogido como base principal del Estado, sea cual fuere el régimen, despótico, oligárquico o democrático".

Ahora bien, quiere decir entonces que si en el país de 1810 las necesidades eran pocas, que si no había "arte escogido" ni cosa por el estilo, que la civilización era embrionaria y que la cultura no existía, a no ser que por cultura se tome la buena educación social, en ciertas clases acomodadas, distinguiendo así entre un patán y un burgués; lo que queremos significar cuando nos expresamos diciendo: don Fulano es muy culto y ño Pedro muy bruto.

Sarmiento, que era más gran pintor decorativo que pensador, un Víctor Hugo desgreñado de la prosa abrupta argentina, ha pretendido con dos palabras, "civilización y barbarie", salvar la dificultad, si es que con ella tropezaban; y porque pintaba creía sin duda que definía; así como Guizot y Buckle, porque escribían la historia de la civilización en Europa y en Inglaterra, pensaban probablemente que echaban los fundamentos, base de su libro.

La marcha de la civilización y de la cultura hacia el progreso, hemos dicho más arriba, y al decirlo sabíamos que a poco andar tendríamos que repetir el "progreso", para pregunta:

¿Qué es el progreso?

En el prólogo, explicando este Ensayo –mejor dicho, fijando cuál sería el índice de las cosas-, nos hemos limitado a adoptar la fórmula spenceriana, a saber, que "el progreso no es un accidente sino una necesidad", siendo fácil observar que la tendencia es a mejorar de condición, y que eso es lo que la generalidad entiende por progreso; de donde debe resultar: que no hay autores del progreso –y que éste es como un dinamismo cuya fuerza motriz está en la naturaleza-, en su evolución lentísima, secular e incesante, tendiendo todos los reinos, desde el animal al vegetal y desde éste al mineral, a la perfección.

Herbert Spencer mismo no ha definido satisfactoriamente el progreso. Tan es así, que contradicciones de nota se han observado que, después de haber mirado con ojo más tranquilo la teleología y el método subjetivo en sociología, resuelve la cuestión del progreso en un dominio particular y casi en un sentido del todo opuesto a sus aserciones anteriores.

Igualmente hemos adoptado otra fórmula spenceriana; porque en sus términos gramaticales traducía una vaguedad de nuestro espíritu; en otras palabras, porque con relación a un hecho concreto, a una evolución limitada a la familia argentina, hallábamos algo así como una demarcación gráfica entre lo de ayer y lo de hoy.

Nos referimos a este aserto: el paso de la homogeneidad indefinida e incoherente (las masas que no saben lo que quieren), a la heterogeneidad definida y coherente (el individuo sin caudillo que aunque imperfectamente se da cuenta de lo que anhela, coligiéndolo de la suma de derechos que se le ha hecho entender que tiene).

Rehuyendo como rehuimos siempre la tentación de caer en lo abstruso por el ejemplo del tecnicismo científico, esta aclaración era indispensable, exigida para la buena inteligencia en que lector y autor deben vivir mientras están en contacto espiritual.

De lo expuesto, dadas las premisas, concluimos con visos de lógica, nos parece: que en 1810 el país argentino se encontraba en estado de *atraso* , que no era bárbaro, aunque no hubiera cultura, pudiendo compararlo a una inmensa crisálida expuesta a reventar, si anticipando su despertar de larva se incurría en el error teórico de creer que hay formas de gobierno y planes orgánicos definitivos, sin reflexionar que el paso violento de lo concreto a lo abstracto fue siempre causa eficiente de resistencias, de luchas y de revoluciones.

Los enciclopedistas argentinos y los que llamaremos los doctrinarios plagiarios de la forma simplista norteamericana lo olvidaron. Rivadavia y Dorrego fueron así, sin darse cuenta de ello, dos contrarrevolucionarios, dos utopistas: manso el uno, creía que se gobernaba con decretos; turbulento el otro, era incapaz de esperar. Ambos confundieron las palabras con las cosas; ambos fueron ilusos, perturbadores de distinta índole, fanáticos de convicción, y por eso ambos concluyeron trágicamente, que no sólo es trágica la muerte violenta: lo es también el largo martirio del ostracismo.

Tan pobre era el país, como hemos dicho más arriba, que pasma enumerar lo que en una familia se necesitaba para satisfacer las primeras necesidades de la vida. Parecían como llegados los tiempos en que, según la fórmula de Berthelot, el hombre se contentará con una sola comida condensada en una píldora. Las más ricas familias casaban sus hijas dándoles por todo ajuar "la honestidad de su persona" y muchas perlas del Perú. La fecundidad era no obstante grande. Las casas, más o menos vastas, mal dispuestas, poco alhajadas, sin fuego de chimenea o estufa: el brasero las reemplazaban. La higiene doméstica, primitiva. No se conocía la comodidad del "cómodo". En algunas provincias (hasta hace poco) ciertas operaciones se hacían en la huerta. Rivadavia (no es un cargo por cierto) hasta en eso fue un perturbador, como lo fue de cierto decir sencillo a la manera del Padre

Castañeda. Todo en él era magistral, rotundo y campanudo, cojeando por el lado del boato. Las mejores gentes se lavaban todos los días; pero no se bañaban sino en verano, y eso ¡cómo! pasando varios por la misma agua calentada al sol, en una tina que era una media pipa de aguardiente cepillada por el tonelero. Y podríamos citar una provincia donde hace apenas pocos años que la mujer ha comenzado a no creer en el peligro o pecado de hacer uso, durante ciertos días del mes, del agua fría o templada. Vicios no faltaban; no existiría entonces la virtud. Pero hay que decir en honor de nuestros antepasados, y de otro modo no sabríamos expresarnos, que si su alma era fría su corazón era cristiano, y que si la caridad de entonces no tenía el carácter de asociación y de socorro mutuo de ahora, su campo de acción era constante, y sin alardeos de beneficencia muchas voces más ostensible que real.

Con esos elementos, los unos querían una república democrática unitaria y los otros lo contrario: la forma de gobierno más difícil de practicar, y una república calcada sobre patrones doctrinarios. Porque los Estados Unidos eran, se creía que en la América Española se podría ser. Los dos puntos de partida eran opuestos. Si Pedro el Grande de Rusia hubiera querido lo que Franklin, los *mujiks* lo habrían decapitado.

Rozas y sus congéneres venían entonces en la hora psicológica de las confusiones, de los equívocos, de las incertidumbres, en esa hora en que la paz, la tranquilidad es el supremo anhelo; tenían que sofocar las ideas, ya que no es posible matarlas. *On ne tue pas les idées*, había dicho el revolucionario famoso francés, exclamación que un unitario parafraseó escribiendo después: "No se degüellan las ideas".

Los tinterillos habían encontrado que sistema unitario y sistema federal eran buenos temas para lucir su ingenio, y los caudillos, ya en ciernes o formados, de eso hablaban como si entendieran. Y así mentían los hechos y las palabras mentían. Y todo eran componendas entre los principios y el caudillaje, con su poquillo de legislación empírica para el caso ocurrente o bajo la impresión de incidentes pasajeros.

El único que entendía bien era Rozas, que lo que quería era el poder, con la provincia de Buenos Aires como punto central, y fue así, haciendo gritar "viva la federación" siendo esencialmente unitario, como hizo todo su camino. Naturaleza contradictoria; porque le habían llamado grande americano, padecía o afectaba padecer de la megalomanía del americanismo, como recurso permanente para exaltar las masas. Es un rasgo no poco curioso de su personalidad latente que las metáforas le parecieran fenómenos. "Loco" le dijo a Urquiza, y loco le creyó.

Se comprende, pues, que nunca llegara, para él, el momento de constituir el país; una constitución cualquiera era todo lo contrario de lo que su falta de envergadura para abarcar vastos horizontes pedía sugerirle. Espíritu objetivo, puramente realista, a lo Sancho Panza, sólo podía ver bien un peligro contra su interés o su pellejo, y su interés, tal como él lo entendía, era *mandar* arbitrariamente.

Cuando Rozas y Jerónimo Costa, una de sus mejores espadas y hombre de buena cuna, se encontraron después del 3 de febrero a bordo del *Conflict* (nombre del barco inglés que llevó a Rozas a Southampton), Costa le dijo:

—¡Lástima que no haya sido posible constituir el país!

—Nunca pensé en eso –repuso Rozas.

—Y entonces, ¿por qué nos hizo pelear tanto?

—Porque sólo así se le puede gobernar a este pueblo.

Capítulo IX

Era tarde, los sucesos caminaban. – Campo de operaciones de Rozas – Dicho de un santafecino que pinta el estado de las almas ya. –Los caudillos principales. – Todos gritan ¡muera! – Doquier hay con quién pelear. – Se matan hombres como se matan reses. – Exaltación de las mujeres. – La uniformidad, idiosincrasia de Rozas. – La índole y medio nativos. – El gaucho se ensoberbece. – El contagio se propaga. – Efectos contraproducentes de la propaganda desde el extranjero. – Van desapareciendo los enemigos ostensibles de Rozas. – El pavor. – Se mata a la sombra y en plena luz meridiana. – Impresiones vivaces. – El alma de la plebe americana. – Influencia de la luz y de los colores sobre las pasiones argentinas.

Era la anarquía. Todo el mundo se había contradicho ya. El federal Dorrego había pretendido provincializar el Banco Nacional para acentuar su federalismo acéfalo. Todo el mundo se había equivocado o debía equivocarse con Rozas; desde luego no tardaría en verse. Pero era tarde. Los sucesos caminaban con precipitación. La América del Sur entera era una impostura republicana ante el mundo. San Martín estaba en el destierro. Bolívar, no sabiendo ya qué hacer, destroza el viejo Perú y funda una nación en el Alto, que toma su nombre de él. Vanidad de vanidades y todo es vanidad. ¿Para qué? Para crear un centro más de revoluciones, con una hegemonía venezolana, imposible como cosa permanente al menos. Los consorcios más opuestos, casi contra natura, no dibujaban en el horizonte del porvenir, incierto hasta para los más reflexivos. Doquier se tienda la vista la atmósfera está cargada. Oribe, oficial de escuela educado en Europa, está destinado a ser lugarteniente de Rozas, y Rivera, discípulo de Artigas, de su escuela, caudillo de las campañas, su enemigo.

La provincia de Buenos Aires, esencialmente rural, abierta, extensa, más poblada que las otras, es un campo de operaciones adecuado para el prestigio de aquel "estanciero", que no sólo es un centauro a caballo, sino que sabe dar los mejores consejos sobre el modo de administrar con provecho un "establecimiento".

La ciudad, rica relativamente por el monopolio aduanero, lo completa. Los hombres del interior, divididos, no piensan en eso; tienen, los que pueden pensar, que ocuparse en vivir o que emigrar, y los que no emigran se pliegan; algo como un soplo del alma de Rozas lo agita todo. Hay provincias unitarias donde una alianza de familia cambia la faz de las cosas, y que se va a la otra alforja como Tucumán. Aquí gobierna medio patriarcalmente don Estanislao López, y hay santafecino con doble vista que dice: "A este muchacho no le enseño a leer ni escribir, porque lo destino a que sea gobernador." Allí un fraile renegado, como Aldao, o Quiroga, que no es el Quiroga de la animada narración histórica de Sarmiento, a pesar de su carácter violento (los que saben que su esposa era una dama distinguida y fina de la Rioja, lo comprenderán), alza una enseña con este lema: "Religión o Muerte"; lo que quiere decir que "ya algo podrido debía haber en Dinamarca". Urquiza, en Entre Ríos, es un pródromo de Ramírez, que había sujetado su caballo en los arrabales de Buenos Aires, no entrando hasta la plaza de la Victoria porque hubo intervención oportuna; que tuvo aliados chilenos, como aquél los tendrá brasileños. En todas partes hay con quien pelear y a quien perseguir. Los vecinos abren los brazos al emigrado, que entre ellos halla empleo o una tribuna. La exasperación sube como la marea. La religión y el viático de los caudillos, de sus secuaces, de los partidos y de sus hombres se traduce en fórmulas exaltadas. Hasta en las cartas íntimas del esposo a la esposa, del padre al hijo: hasta en las misivas tiernas en que los enamorados se cuentan sus cuitas, hasta en ellas había o un ¡viva Rozas! o un ¡viva la federación! o un ¡mueran los unitarios! lo que muestra que aquel hombre formidable se había apoderado de todas las almas por el amor o por el terror. El eco de sus conversaciones repercutía hasta en Jujuy. En medio de sus manías y fierezas tenía seducciones amables increíbles; reía con los niños, los acariciaba, jugaba con ellos, y como no era taciturno, se entretenía con las bufonadas de unos semilocos o semiidiotas que lo rodeaban, llamando a un cacoquimio, especie de correveidile, el padre Biguá, su Paternidad; así como a don Eusebio le llamaba Vuecencia.

¡Viva la federación! es el grito de guerra primero; ¡federación o muerte! después; luego ¡viva la confederación! ¡mueran los unitarios! que más tarde son salvajes asquerosos, inmundos unitarios; así como el tirano es para ellos un monstruo y todos los que le obedecen son asesinos. Y contra aquellos gritos de exterminio se proclama que "es acción santa matar a Rozas". Las armas son generalmente favorables a los que sirven o están con Rozas. Los federales degüellan, los unitarios mandan castrar; hay deserciones y traiciones de todos lados, y la gente baja y de mala ralea se roza con la buena o bien nacida; el negro, el mulato, el indio, una Babilonia, todo promiscúa. Nadie elige sus elementos populares: donde los halla los recluta; nadie es dueño de su propiedad: por donde pasa un ejército, una partida, la víctima es el que tiene. Hoy son unos, mañana son otros; todos meten el brazo hasta el codo en sangre fratricida. El sacrificio no es local. Un sudario de inmensa tristeza envuelve el país. El sol se pone entre nubes, la alborada tiene tintes de indecible melancolía. Se matan hombres como se carnean reses. Hasta este modo primitivo de surtir los mercados de abasto es hecho para familiarizar las masas con la sangre. Son corridas de toros permanentes sin el toreador que expone gallardamente su vida en medio de frenéticos aplausos. Las mujeres en caravana acompañan las huestes de uno y otro bando y también pelean, y las señoras de fuste de uno y otro partido se exaltan y se ponen distintivos, soplando la hoguera de la discordia; hasta que un día se decreta que todo el mundo se atavíe con los mismos colores, como para hacer ver que no había discrepancia en las opiniones que reflejan sentimientos.

Rozas tiene la monomanía de la uniformidad; es, como Francia, el del Paraguay, un nivelador fecundo en expedientes estrafalarios, antipáticos. Hasta el uso del bigote reglamenta, lo mismo que imparte instrucciones para que el margen del pliego de oficio tenga tantos o cuantos milímetros de ancho.

Y como lo malo es como la mentira, que camina con más celeridad que la verdad, los imitadores de todo lo que es extravagante, pululan; y aquella demencia de sangre y de rarezas se difunde y se difunde. Y según la índole nativa de los hijos de cada provincia, así son los excesos. El medio, el aspecto de la naturaleza, el clima, el color del cielo, el relucir de las estrellas, todo determina estados de ánimo que hacen más o menos intensos los paroxismos de la pasión de partido. En las provincias más áridas, más secas, las almas son más tenaces, más implacables. La cátedra del espíritu santo fulmina anatemas contra los unos y los otros; la irreligión, el desprestigio del clero, del sacerdote, del fraile allí donde alguna influencia evangélica han tenido (que hay provincias donde eso no se conoce sino como accidente), todo eso decae, pasa, se va... El elemento gauchesco se ensoberbece, se impone. Hay que mimarlo, que imitarlo. Lavalle, el granadero a caballo, desembarca en San Pedro, y más que un oficial de línea -¡tal es su vestimenta!- parece un paisano comandante de milicias fronterizas, parodia al gaucho, como más tarde lo parodiará la *jeunesse dorée* de Buenos Aires. Carril lo ve y duda de sus propios ojos y sus pronósticos son fatales. El contagio todo lo va invadiendo; el caudillo no tiene ya color político; no es un unitario ni es federal: es universal. Los enemigos de Rozas cuando no combaten, desde Chile, desde Bolivia, desde el Brasil, desde Montevideo conspiran como pueden contra él, lo calumnian, lo denuestan, invaden su mismo hogar, insinuando lo nefando, lo exasperan: le envían máquinas infernales a guisa de encomienda, le suscitan dificultades externas, intervenciones extranjeras; y así, permitiéndole explotar la antipatía criolla contra el extranjero, lo que hacen no es más que poner en sus manos nuevas armas cada vez más frescas contra ellos, contribuir a afianzar su autoridad irresponsable, prepotente. Más aún: muchos hombres que lo pasan resignados viviendo en sus casas, como pueden, y otros que no esperan sino una ocasión ostensiblemente decorosa para plegarse -¡dura tanto aquello! y amenaza durar más aún– muchos hombres amortizados como representación, ante ese miraje "el extranjero" se pronuncian; y el defensor de la Santa Causa Americana tiene razón para los que no distinguen o para los que calculan.

San Martín manda su espada, ¿qué más? Los enemigos militantes activamente armados, van desapareciendo; sus bienes están confiscados, abandonados; el estado no usufructúa nada con ellos; sirven sólo para recompensar servicios, para hacerles favor a los buenos o malos federales (hay de todo). Pero Buenos Aires oculta, como en todas las ciudades populosas, enemigos clandestinos que hay que descubrir, que intimidar o exterminar. Una especie de comité de salud pública se organiza; se llama la "Sociedad popular Restauradora" como ya antes se ha visto. Los mejores ciudadanos, los hombres más compresivos, más tímidos, en ella se afilian; el pavor los domina. Se mata a la sombra, se mata de día, se mata a todas horas; el populacho gobierna así, y los mismos federales netos no están seguros, porque aquella banda de forajidos, que trabaja por su cuenta, por afición, porque en lo decente ve un enemigo natural, es a la vez instrumento de venganzas personales. El desenfreno de su osadía no tiene límites. Ya ha gritado en una comida de *carne con cuero* en la iglesia de la Piedad: "muera Gervasio *Cardo*": alude al hermano de Rozas, sindicado. "Cardo" le dicen porque es hombre seco, de pocas palabras. Uno toma una mazorca de maíz tostado, y dice: esto le hemos de meter en tal parte; de ahí *mazorquero*. Lo que pasa sólo se sabe por decires: ¡quién lo ha de denunciar! No hay opinión, desde que no hay contradicción. Si alguno opina es soñando. Hay un presentimiento. El terror produce como detonaciones sordas. Se duerme con el Jesús en la boca. ¿Quiénes? Todo el mundo... ¡Si nadie está seguro! Porque hay la delación vil, sugerida desde afuera por el emigrado que no repara en nada. Y como para que no quede duda, de que si hay un peligro hay también una autoridad que vela, el sereno canta: "Las doce han dado y nublado, ¡viva la federación, mueran los salvajes unitarios, vivid representación!" Y se vive, y viviendo en contacto con el hecho las gentes se van familiarizando con él, como los que viven cerca de los mataderos se acostumbran a sus malos olores.

Tenemos impresiones vivaces de aquellos tiempos, en los que no padecimos, que nos obsesionan penosísimamente; y cuando pensamos que los que mataban eran hombres como nosotros, en cuyas rodillas cariñosas nos hemos sentado, ocúrresenos que pueden haber sido perdonados como inconscientes de crueldad –no así los que los azuzaron. Quién sabe si no creían que matar era un remedio para tantos males como los que afligían al país. Balzac pinta un tipo humano en su Claes –que en vez de enternecerse viendo llorar a su mujer analiza químicamente sus lágrimas.

Hay en el alma de la plebe, de la gente baja sudamericana, de color, una amalgama extraña de convicciones y de preocupaciones, de falsas nociones del deber, de lo que es humanidad, caridad; por manera que allí donde un hombre hecho, perteneciente a una civilización más adelantada vea algo de cruel, él, el criollo de esa capa social, no verá sino un acto natural, algo aconsejado por la misma compasión. El criollo mezclado, descendiente de blanco y mujer de color o viceversa tiene además, como el negro, una energía vital casi íntegra; sufre menos del cuerpo y del alma, y su valor es menos intermitente que el del hombre blanco puro.

Podemos aducir pruebas concluyentes. Un día en la guerra del Paraguay, después de haber rechazado al enemigo, que se retiró dejando sus muertos y heridos, mandamos tocar llamada para que los que se habían alejado de las filas volvieran a ellas cesando la persecución. Todo el mundo obedeció en el acto al oír el toque de corneta. Sólo un tamborcito muy animoso, muy querido en el cuerpo, porque era todo un caballerito, no obedecía. Estaba ocupado, no sabíamos en qué; lo veíamos, no podíamos distinguir bien.

Fue un oficial: el tambor vino.

—¿Y qué hacía usted, que no oía el toque de corneta?

—Sí, mi comandante; pero estaba *despenando* paraguayos (es decir, ayudándolos a bien morir, degollándolos).

Y Carmen Bustamante, que así se llamaba aquel muchacho de doce años a lo sumo hijo de un compadrito, mulato de Córdoba, era bueno. En su meollo no entraba la idea de hacerle mal al prójimo. Pero tocando "a degüello" perdía la cabeza, y matar era para él como un ejercicio que *marea* sin experimentar la sensación de náuseas. Ese día otro mestizo, herido en una mano, se amputó él mismo, *mordiéndose* el dedo índice, que colgaba destrozado, y siguió adelante haciendo fuego, como si nada le ocurriera, después de medio haberse atado la mano con un trapo de limpiar el fusil. Se llamaba Valdés. Murió peleando.

Indudablemente que en aquella atmósfera de los años terribles debía haber algo que incitara a la tragedia, lo mismo que hay en el olor de la pólvora un no sé qué que arrebata.

Recientes curiosos estudios y observaciones sobra la audición coloreada y sobre la impresión o fascinación fisiológica de los colores, nos inducen a darle más importancia –de lo que generalmente parecerá– a la influencia que en las pasiones argentinas ha tenido el color rojo, uno de los más atrayentes y provocativos, y a las imágenes que, como ciertas notas musicales, producen ciertas palabras en el cerebro. El rojo posee incontestablemente un poder dinamógeno muy marcado; mientras que el violeta y el azul, en la otra extremidad del espectro, ejercen una acción contraria: son calmantes. De ahí que se les haya usado con éxito en el tratamiento de la excitación maníaca, Chamfort –cuyas observaciones son siempre interesantes, como que fue un precursor– cuenta: "El señor B... pretendía que su tono de conversación con la señora de X... había *cambiado* desde que ésta había *cambiado* a su vez en carmesí el *mueble* de su gabinete que era azul." El señor B... era demasiado sensible a la acción sedativa del azul y la señora de X... tenía una vaga, o precisa, intuición de los efectos, ¿cómo diremos?... ¿catabólicos del rojo? Sí; estos hechos no son como para mover la cabeza –dudando–; antes por el contrario. Hay una legión ya de hombres distinguidos que pretenden que el color representa, en la naturaleza y en el arte, un papel muy considerable – mucho más de lo que se supone–, y que en la psicología, la educación y la misma moral, es un factor que se haría muy mal de no tomarlo en cuenta.

Todo el mundo vestido de colorado, con chaleco al menos, cintillo y divisa; el uniforme de la tropa colorado; el chiripá del gaucho co-

lorado (chaleco no se puso nunca don Francisco Seguí, casado con doña Andrea, la hermana de Rozas, y lo respetaron); todo lo eterno más
o menos pintado de colorado; pínteme usted todavía más colorado, le
decía un emigrado, que al fin resolvió pedir indulto y volver, a un pintor que le observaba "no hay más colorado"; al pobre emigrado todo
le parecía poco para contarse seguro, y no era flojo el hombre[8]; colorado todo lo interno, paredes, puertas, a veces el cielo raso, aquellos
conciliábulos al resplandor de velas de sebo, tristes como luz sepul-
cral, en unos cuartos fríos en invierno, mal aireados en verano, teniendo que deliberar a puertas cerradas, y el constante espasmódico pre-
gonar ¡muera! ¡mueran los salvajes unitarios! Muera éste, muera
aquél –todo eso, repetimos, debía influir morbosamente en el ánimo
de aquellos hombres exaltados por la pasión política, que al fin y al
cabo no es lo mismo el aire sano de un parque y un tema sobre la caridad, que resolver a cuál de los sindicados, según las clasificaciones,
se le había de despachar al otro mundo. *Horresco referens.*

8 ;   Vivía en la antigua calle del Parque.

Capítulo X

El idioma en crisis. – Don Pedro de Angelis, mazorquero. –
Modos de expresión de los niños. – Los vivas y mueras de costumbre.
– Inconsciencia de algunos gritones. – La sociedad parecía un ma-
nicomio. – Tout fini par des chanson. – Frailes repugnantes. – El
retrato de Rozas en los altares. – Los jesuitas expulsados porque se
resisten a ello. – Diplomacia de Rozas. – El nuncio apostólico. –
Combato de Obligado. – Urquiza surgía.

Hasta el idioma que antes se hablara se había pervertido; vocablos nuevos, ásperos, acres, no usados circulaban. El lenguaje oficial
era altisonante, gongórico, y sólo uno que otro documento de carácter internacional, como los escritos sobre la Navegación de los ríos –de
de Angelis, creemos-, soporta la lectura de la atención más paciente.
Y todo era largo, menudo, desleído, repetido, como el famoso Mensaje anterior a Caseros, cuya lectura duró una semana. De las partes
sobre acciones de guerra no hay que hablar, los federales "eran leo-
nes", los unitarios "carneros" como si unos y otros no fueran argentinos, y *mutatis mutandi* por ahí iba la fraseología unitaria. A su vez los
emigrados, en medio de su cultura relativa, eran en extremo hirsu-
tos; salvo algunas excepciones. Los adversarios de Rozas escribían como con picrato de potasa; la prensa de éste no les contestaba *ad hoc*.
En esto era hábil. Discutir habría sido divulgar lo que aquellos decían. Los escritos unitarios circulaban clandestinamente. Muchos de
ellos, que afectaban grandemente ciertas reputaciones de la familia,

sólo fueron conocidos después del 3 de febrero. Disertaba aquella prensa con aires doctrinarios; disertaba Mariño; disertaba de Angelis: un argentino –que vivía a lo Marat-, y un italiano refinado: ni uno ni otro eran malos. Mariño era un exaltado adicto; de Angelis un vividor amable, sabio –una implantación de Rivadavia-, el hombre de más *esprit* que había en el Río de la Plata.

Decía una vez en casa del general Guido, emigrado en Montevideo (de Angelis también lo estaba, caído Rozas), y lo decía con el dejo cantado napolitano (había sido ayo de los hijos de Murat, vino a América con Pellegrini, el ingeniero):

—¿Han leído ustedes, señores, la *Tribuna* de ese energúmeno Juan Carlos Gómez? Dice que yo, Pedro de Angelis, *soy mazorquero*. ¿Y qué dirá mi hermano el cardenal cuando lea eso; cuando vaya al diccionario y no lo halle, y preguntándole a algún *bachicha* que haya estado aquí, le conteste que significa violín y violón? (y hacía el ademán de degollar) [9].

Lo que se decía en la Legislatura era hinchado, bajo o ramplón. Y si no satisfacía la oratoria, había al día siguiente que enmendar la plana.

La lengua corriente parecía como compuesta de frases estereotipadas. Es un "salvaje" o es un "degollador", eran modos empleados lo mismo por un niño que por una señora, por otra parte llenos de delicadeza. "Y el que con salvajes tenga relación, decían los muchachos en las escuelas, verga por los lomos sin cuenta y razón". Y cuando se enojaban unos con otros (los niños conocían bien su filiación a pesar de la divisa y del cintillo colorados), "salí salvaje", decía éste, o "mirá, che, *degollador* que te saco la chocolata".

En los teatros, antes de levantar el telón (los carteles anunciaban que "después de los vivas y mueras de costumbre, se representaría la gran tragedia o el gran drama romántico tal o cual"), toda la compañía en fila aparecía y la retahíla comenzaba. Y los vivas y los mueras eran un índice *crescendo* de los sucesos por orden cronológico. Verbigracia, si el último suceso notable había sido una intervención anglo–francesa, la increpación correspondiente decía: "¡Mueran los anglo–franceses!" Y el público hacía coro.

9   Citado en mis *Estudios morales*.

Los que han envejecido parecen haber olvidado estas cosas, o las recuerdan mal, o las recuerdan como en sueños, ¡cuántos no las hallan exageradas cuando se las mentan! Había en aquello mucho más de maquinal que de sentido. Algunos entusiastas, ni el significado de lo que proferían, berreando como unos condenados, conocían.

Hemos referido en otra parte un caso típico (y muchos otros podríamos traer a colación).

Un oficial del regimiento del coronel Santa Coloma, que murió en Caseros, gritaba:

—¡Mueran los *ángulos*– franceses e ingleses!

Se le explicaba que lo de ingleses estaba de más, y mal lo de ángulos.

No entendía jota. El hombre tornaba a vociferar, arguyendo: "A mí no me friega naides y los gringos ingleses, ¡qué se han de hacer!"

Relatando estas cosas –si esto es relatar-, desde que sólo marcamos algunos puntos salientes de la fisonomía de la época -¿no es verdad que la sociedad de entonces produce la impresión de un inmenso manicomio?

No tenemos para qué remontarnos a la noche de los tiempos. Los modernos son asaz sugestivos en este orden de ideas. Están frescos los hechos de Ternovski. Unos paisanos fanáticos entierran vivos a otros; todos cumplen con un deber. El profesor Sikorski, versando en psiquiatría, ha estudiado sobre el terreno este caso de alienación colectiva, que enriquece la crónica de la locura religiosa en el mundo cristiano, nada menos que con el espectáculo extraordinario de un suicidio en masa y sin que causas exteriores lo justifiquen, puesto que esos paisanos rusos vivían en una región feraz, como para inspirar al hombre "el goce del vivir y no la aspiración del no ser".

Personne n'est méchant et que de mal on fait! exclama Víctor Hugo.

Y nosotros observamos que la anarquía, las revoluciones, la guerra civil, la tiranía, con todo su cortejo protervo, si no enloquecen completamente, perturban y hasta casi suprimen el sentido moral, y el buen sentido desde luego.

Estos efectos eran visibles en aquellos tiempos acerbos, de aberraciones sin cuento, de lágrimas, de dolores, de sangre, de angustias infinitas.

"De lo sublime a lo ridículo no hay más que un paso".

Tout fini par des chansons. ¡Y qué canciones no se cantaban en algunas mesas respetables! como la Mari–Pérez, Mari–Pérez, la de la barriga fría... cuántas veces Mari–Pérez...

Verdad que el padre Camargo, un ex–capitán carlista franciscano, jineteaba yendo a Palermo, que el padre Fernando, familiar del obispo Medrano, casi ciego, le ayudaba a misa en camisa, y que el padre Casas, un franciscano pantagruélico, se estaba toda la tarde en la botica de Torres, frente a la iglesia, requebrando a las mujeres de medio pelo que pasaban, llegando en su lubricidad hasta emplear este piropo sarcástico cuanto sacrílego: "¡Adiós, p... seráfica! ".

Cómo sorprenderse entonces, si ese era el rumbo de las cosas, en un sentido, de que el retrato de Rozas fuera puesto en los altares, excepto en los de San Ignacio, que fue la cuádruple razón suficiente para disolverlos (a los jesuitas) y cerrarles el colegio, allí donde se educaron Rawson, Seguí, Navarro Viola, Gorostiaga y tantísimos otros de esa generación; todo ello reconociendo que "a pesar de sus virtudes cristianas y morales, los padres de la Compañía de Jesús (son palabras del mensaje a la Legislatura)... no han respondido a las esperanzas de la Confederación generosamente consignadas en el decreto de su restablecimiento".

Rivadavia y Rozas, coincidiendo... cosas veredes que farán fablar las piedras. Es verdad que a Rivadavia lo elogian porque fundó la Sociedad de Beneficencia, y que Sarmiento le escribe de Nueva York a Avellaneda: "Bien oiga usted lo que resulta de la experiencia y de los principios. ¡La Sociedad de Beneficencia es una barrera insuperable a la mejora de la educación! Fue el escollo en que se estrellaron mis esfuerzos para fundar un sistema de educación que no tiene base".

Rozas ha despejado el suelo argentino de enemigos, no tiene ni rivales; todo se ha plegado, todo ha capitulado, ha sido exterminado, o anda fugitivo. Sólo Montevideo resiste: porque, adentro y afuera, el sitio es, entre paréntesis, un negocio.

Rozas ha salido más o menos airoso en todas sus cuestiones con Francia y con Inglaterra. Su astucia ha suplido a la diplomacia. Con raras excepciones, todos los ministros y enviados han pagado su tributo a la maña criolla, conocedora de la humana naturaleza, siendo las mujeres uno de los resortes puestos en juego con más éxito.

Hasta el mismo nuncio del Papa está pasmado de la maravillosa penetración, del sonanbulismo lúcido de Rozas; no hay otro nombre que darle a lo que pasó.

Se había preparado gran casa. Pero la del lado –en la calle del 25 de Mayo todo ello-, tenía comunicación secreta con la de su eminencia apostólica, y en cuanto salía sus papeles eran registrados por la Policía, que al efecto pagaba cómplices en la servidumbre. De modo que mientras el nuncio conferenciaba con don Felipe Arana, ministro católico apostólico romano, Rozas se enteraba, para después en sus conferencias personales directas con el descendiente de Machiavello dejarlo con la boca abierta.

Pero no todas habían de ser batallas campales o diplomáticas ganadas.

La intervención anglo–francesa, que dio lugar al glorioso combate de Obligado, fue un descalabro material y moral, que sólo sirvió para poner a prueba la energía patricia.

El litoral abrió tamaños ojos.

Urquiza surgía, Urquiza que, como Rozas, le pone por menosprecio *Purvís* a su perro de presa (Purvís era un oficial de la marina inglesa que tuvo concomitancias con los unitarios); el Paraguay que se ahogaba sin salida y el Brasil que necesitaba navegar hasta Matto Grosso libremente, no sólo se entendían, sino que conspiraban en tierra argentina y en el extranjero, el Brasil sobre todo, valiéndose de diplomáticos de alto coturno, habilísimos

Capítulo XI

Aislamiento de Rozas. – Su encuentro con el ministro de Chile. – La leyenda de los partidos. – El valor personal y el valor de las batallas. – El mulato Rozas. – En Palermo. – Bromas de Rozas. – Compuesto de taumaturgo y augur. – Otra vez el nuncio apostólico. – Rarezas de Rozas. – Cómo pierde el tiempo. – Rozas derrotado en Caseros, se refugia en la legación de S. M. B. – Conversación histórica. – Rozas se embarca. – Un dicho de Rivadavia.

Rozas en los primeros tiempos de su gobierno no vivía aislado. Su aislamiento vino después de la muerte de su mujer. Salía, circulaba; hasta de noche era fácil hallarlo solo por barrios apartados. El mismo parece que hacía su policía, tomándole el pulso a la ciudad. Una vez, tarde ya, se encontró con el ministro de Chile, Pérez Mascallano, que lo ha referido, entre otros, al señor Barros Luco [10]. La vereda era alta; tras del ministro venían dos hombres. Rozas les gritó: "¡Abajo!" y obedecieron. ¿Por qué? ¿Porque le conocieron o porque la voz de toda autoridad tiene un no sé qué que predispone a inclinar la cabeza? El ministro manifestó su sorpresa. Rozas le dijo:

—Salgo a dar mi paseito de cuando en cuando.

—¿Quiere usted que lo acompañe?

—No, gracias; no hay cuidado.

Y se separaron, siguiendo rumbos opuestos. De aquí concluía el señor Pérez Mascallano, era su comentario: Rozas debía ser muy valiente.

Son tantas las leyendas que se han hecho alrededor de Rozas, co-

10   Actualmente ministro de Chile en París.

mo la de creerle "mulato" –muchas familias unitarias de ello estaban convencidas-, que también se ha dicho que no tenía valor personal. No lo creemos. Su vida en el campo arguye en contrario. Ahora, si tenía el valor de las batallas, eso es ya más difícil de ser contestado categóricamente en el sentido afirmativo o negativo. Sus adversarios han escrito que era "cobarde". Fundados en qué hecho, lo ignoramos. No han sido precisos. Quizá eso es como lo de que era mulato, una imposibilidad fisiológica, dado su origen; ¿no eran sus padres de sangre azul? Y raro sería que de padres animosos hubiera salido un hijo cobarde. Doña Agustina ya se ha visto qué matrona era, y don León, oficial del Rey, tenía brillante foja de servicios.

Es siempre interesante seguirle la pista a una creencia popular, ya sea que perjudique o favorezca. La primera vez que alguien dijo "ese mulato de Rozas", no quiso referirse a su color (¡era tan rubio¡), sino a sus hechos; en el Río de la Plata y en toda la América española, es preocupación que del mulato no hay que fiarse.

La señora doña Hortensia Lavalle, amiga de la madre del autor, amiga de la infancia (habían estado alejadas por los sucesos durante largos y tristísimos años), departiendo no ha mucho en la intimidad, moralizando, filosofando sobre lo pasado, exclamaba un día:

—¡Qué tiempos aquellos, hija! Todos estábamos ciegos. Yo estaba convencida de que don Juan Manuel era "mulato".

"Imagínate que una tarde, estando en la puerta con tatita tomando el fresco, pasó un señor a caballo, muy bien montado, seguido de un militar (debía ser su asistente, pues aquél vestía uniforme de jefe) que nos saludó cortésmente.

Tatita contestó con frialdad.

"¿Y quién es ese señor?, pregunté yo. (No lo bahía visto nunca al menos no me acordaba; las familias no se visitaban de mucho tiempo atrás, luego él, don Juan Manuel, casi siempre en el campo...) ¿Quién? repuso tatita, ¡el mulato Rozas! –Pero si es rubio. –Así le llamamos nosotros los unitarios."

Decíamos que el aislamiento de Rozas vino después de la muerte de doña Encarnación, cuando comenzó a vivir entre su casa de la ciudad y Palermo. Pero ese aislamiento era relativo. Si todo el que quería no podía hablar con él, verlo de cerca era sencillo. No había más que apostarse cerca de su casa o que ir a pasear a Palermo, donde el acceso no ofrecía dificultad estando convertido en paseo público.

Rozas montaba a caballo casi todos los días, o salía a pie, dirigía o vigilaba los trabajos de transformación de la propiedad, hablando con los capataces, con los peones, con los conocidos que solía llamar contestando a su saludo.

Pescaba a orillas del río de la Plata, allá por donde estaba "el barco", al concluir la avenida Sarmiento, solo con un negrito, o acompañado de algún aficionado o de algún héroe por fuerza. Para una broma más o menos pesada siempre estaba dispuesto.

A Marco Antonio de Arredondo lo hizo entrar en el río con botas de charol (él, Rozas, las llevaba de goma); a Camargo, el célebre taquígrafo, le hizo tomarse veinte "mates" seguidos, por los cuales le remitió al día siguiente veinte mil pesos, y a Federico de la Barra, que se había cansado de andar guerreando con los Madariaga, también le jugó una de las suyas, dejándolo sin sobretodo en invierno.

En su estancia del Pino son proverbiales las chanzas de que fueron víctimas muchos de sus amigos más apreciados. A uno que tenía miedo de las víboras, estando durmiendo la siesta bajo el pino, de donde la Heredad traía el nombre, le puso una víbora muerta enroscada en el tobillo, y con una picana lo hincó, escondido detrás de una carreta. El huésped dio un brinco de dolor, y al ver la víbora casi se muere de susto... y Rozas reía hasta desternillarse... *Ecce homo*... compuesto cómico de taumaturgo, y augur, como cuando al nuncio apostólico, cuyos papeles conoce porque la policía se encarga de sustraérselos por unos momentos, pretende hacerle creer, y lo consigue, que en Roma tiene agentes segurísimos; amalgama heterogénea de sensibilidad morbosa y de incoherencias psicológicas que no quiere del mismo modo a su hija Manuelita (que no deja casar)[11] que a su hijo Juan, casado con Mercedes Fuentes; que respeta a su compadre T y pone en ridículo a su compadre A; que quiere en extremo a su ministro Arana, varón honestísimo, y le pone de apodo Felipe *Batata* (así sólo lo denomina); que a uno de

11   . Se casó en el destierro.

sus jefes mimados, el que más confianza le inspira, hombre de honor, seguro, valiente, le llama Angelito a secas, y a don Eusebio "el loco" de la Santa Federación, que trata como a persona grata, haciéndolo comer en su mesa, le llama *Su excelencia* , sin perjuicio de mortificarlo físicamente; que empobrece a éste y enriquece a aquél; que confisca y le manda cinco mil pesos a un anciano de nombre histórico, cuyo hijo está emigrado, para que se compre ropa; que castiga un pequeño abuso en un empleado y deja que contrabandee, en grande, al capitán del puerto, en sociedad con un comerciante tucumano, amigo de Urquiza y de Mitre después; que obliga a todos (pena de graves consecuencias) a usar chaleco, divisa y cintillo colorados, y que deja en paz a su cuñado Seguí, que sólo se pone chaleco blanco y divisa; que carece de espíritu de equidad (aquí se mani fiesta auténticamente la influencia misteriosa de la herencia materna, que la naturaleza ha hecho no menos poderosa que la herencia paterna); que tiene dos medidas para todo, para el civil, para el militar, para el sacerdote, para los que lo sirven y para los que lo combaten; que es íntegro y dispone de los dineros del Estado como de cosa propia, sin darse cuenta de que las facultades extraordinarias, la suma del poder público, no son para eso, sino para fines políticos; que pierde el tiempo en detalles minúsculos, casi microscópicos; que antes de firmar el tratado Lépredour pasa una semana probando plumas de ganso para que su letra y rúbrica lo dejen con la boca abierta a Luis Felipe (todo era para ganar tiempo, porque esperaba noticias de Río de Janeiro del ministro Guido, noticias que si eran como él las quería "no firmaba", y si lo contrario "sí firmaba"; más le valiera haber oído el consejo de Guido que obtenía lo posible); que trata de loco a Urquiza, que está más cuerdo que nunca, transformando al hombre de la India Muerta; que al general Mansilla, que días antes de la batalla de Caseros, le pedía que no saliera a tomar el mando del ejército, creyéndolo incapaz, como lo era, de dirigir veinticinco mil hombres, con reservas de indios pampas, lo despide irónicamente, anticipándoles un propio a su mujer, con este mensaje: "Que lo ponga en cura a su marido, porque está mal"...

...A qué seguir la enumeración, que no sabemos cómo cabe en estas páginas, sino apartándonos un tanto del método que nos hemos trazado, es decir, esquivando en lo posible lo anecdótico y mentar nombres y apellidos.

Propiamente hablando, Rozas sólo era circunspecto sin intermitencias con los miembros del cuerpo diplomático: una excepción, hay que hacer, el ministro de S. M. B., Mandeville. De éste se burló asaz. O porque el personaje era insignificante en sí mismo, no obstante su alta representación, o porque le conoció el lado flaco. Mister de Mandeville llegó a Buenos Aires con gran tren. El vivía por esos lados de lo que ahora se conoce por Parque Lezama, y en las cuatro esquinas de Perú y Moreno, con su sobrina viuda con familia que le acompañaba (que presentó en la mejor sociedad), pero que resultó ser otra cosa más íntima que sobrina, siendo su nombre Mrs. Mc Donald.

Y adviértase que en aquel entonces, sin duda porque Rozas exteriorizaba ruidosamente el país, las potencias extranjeras, de primer orden, mandaban como representantes hombres de primera fila. Lord Hawden, el conde Walewsky, y otros como el conde de Lurde, monsieur de Mareuil y mister Southern estuvieron en Buenos Aires.

Con algunos de ellos Rozas tuvo amistad estrecha. Con Southern, por ejemplo, que vivía en una quinta con cierta querida, linda moza, hermana de un coronel que ya murió (de ahí viene el nombre de calle de Ministro Inglés), y muy particularmente con mister Gore, que no era un gran personaje, pero sí un protegido de lord Palmerston.

Gore era representante de S. M. B. cuando Caseros. Allí, en esa Legación (calle Bolívar, entre Venezuela y Méjico), fue donde Rozas se refugió. Gore hablaba correctamente el español. Tiene interés histórico referir con alguna prolijidad lo que pasó.

Rozas y Máximo Terrero salieron juntos del campo de batalla al ver todo perdido. A cierta altura por el bañado de Flores, Rozas le dijo a Terrero: "Separémonos; yo me voy a casa de Gore. Pero antes voy a escribir mi renuncia" (la escribió con lápiz sobre la grupa); esa renuncia nunca fue leída en la Legislatura; ¿es cierto el hecho o no lo es?

Se separaron, pues.

Era temprano aún. Rozas llegó a casa de Gore, llamó, abrieron, el sirviente lo conoció, manifestó inquietud; lo tranquilizó diciéndole: "Si no está mister Gore, hay que prevenirlo", y subió la escalera. El caballo lo entraron en la caballeriza. Una vez arriba ordenó un baño tibio y se acostó.

Al rato Gore llegó; Rozas dormía profundamente

—Señor gobernador, la plaza está en efervescencia (tenemos los pormenores de labios de Gore); han hecho abrir la cárcel; Vuecencia corre peligro.

—Amigo, no tenga cuidado. Mire, aquí está la bandera inglesa que yo he enseñado a respetar; aquí no vendrán: a este pueblo yo lo he montado, le he apretado la cincha, le he clavado las espuelas, ha corcoveado; no es él el que me ha volteado... son los macacos (los brasileros); déjeme, voy a bañarme; avísele a la "Niña" (Manuelita), y esta noche me embarcaré; ya he mandado mi renuncia...

Y Rozas se embarcó esa noche por los lados de la Aduana Vieja, calle de Belgrano, y el pueblo nada intentó... ¡No era un misterio, empero, que el tirano estaba derrotado!

No repetiremos con Rivadavia: "Buenos Aires, pueblo italiano, pueblo gritón". El Buenos Aires de ahora es otro. El de hace casi medio siglo era como una parroquia de ahora. Pero, de esa parroquia, sí diremos con Alberto Sorel en sus páginas magistrales sobre Championnet, que más de un milagro hizo en Nápoles: "Habían gritado en las plazas, en las ventanas, arrojando flores: ¡viva San Javier! ¡viva Championnet!, así como habían gritado ¡Viva Nelson!, como más tarde saludaron a José Bonaparte, a Murat, después a los Borbones vueltos del destierro. Eran los mismos napolitanos que Saint–Simon veía en su tiempo, señores y otros, siempre dispuestos a cambiar de amo".

Afortunadamente, es ley de los tiempos: ni los napolitanos de la época de Saint–Simon son los de ahora, ni los porteños que Rivadavia calificaba de farfantones, con la frase de desencanto o despecho anotada, se parecen, como una gota de agua a otra gota, a los ciudadanos libres de la metrópoli de nuestros días, donde es conciencia pública que un hombre de sentimientos refinados no es apto para representar el papel de déspota.

Capítulo XII

Una pregunta al lector. – Lo que se entiende por individuali-
dad. – Definición spenceriana que puede satisfacer. – Examen del
asunto. –Achatamiento del pueblo. – Rozas era solo en todo caso el
que gozaba. – Disyuntiva. – Factum. – Nadie atenta contra la vida
del tirano. – ¿La causa? – Un problema arduo.

Preguntamos ahora: ¿Rozas era cuerdo o era loco? Si cuerdo, ¿en
qué momento o momentos perdía la cabeza? Si loco, ¿en qué momento o momentos estaba en su sano juicio?

Por lo que a nosotros hace dejamos en suspenso las dos interrogaciones.

El fenómeno está ahí. Es asunto de meditación y estudio; pues
que cada cual medite y estudie, que estando plantados los jalones, el
fallo definitivo ya vendrá.

Frecuentemente se entiende por "individualidad" la reunión de
los rasgos, que distinguen una cierta personalidad de las personas que
la rodean. "Individual" quiere decir "personal", "especial". Estamos
hablando con fórmulas que no nos pertenecen directamente, y si las
hacemos nuestras, es porque, dentro de nosotros mismos, no hallamos otras más satisfactorias.

Pero tenemos que observar que al hacerlas nuestras es para con-
tradecirlas, valiéndonos igualmente de argumentos reflejos.

Por consiguiente, emplearemos esa expresión de otra manera, y entenderemos precisamente por individualidad del hombre la reunión de todos los rasgos propios del organismo del hombre en general.

Herbert Spencer define el individuo como "un todo concreto, que posee una estructura que le permite, cuando se halla colocado en condiciones convenientes, acomodar constantemente sus relaciones internas a las externas, de manera que el equilibrio de todas sus funciones se mantenga".[12]

Se ha observado que esta definición, que no tiene desgraciadamente el mérito de la brevedad, ni el de la claridad, puede, sin embargo, ser considerada como asaz satisfactoria, si se introduce en ella la aptitud para gozar o para sufrir, que distingue netamente el individuo del órgano, en un sentido, y de la sociedad, en otro.

Al menos, si se define el individuo animal, y, por lo tanto, el individuo humano, la idea del sufrimiento y del goce debe entrar necesariamente en la fórmula; la aptitud para sufrir y para gozar es en este caso una propiedad tan evidente y tan característica del individuo que no habría fundamento para rechazarla.

Aquí cuadra necesariamente definir bien el estado y desarrollo normal, fisiológico, y el estado y el desarrollo patológico.

El tipo del desarrollo orgánico normal consiste, en la complicación nacida de la diferenciación, es decir, de la especialización de las partes del individuo, de los órganos y de los tejidos. Por lo tanto, el desarrollo patológico irá en sentido contrario, será, en otros términos, la simplificación del organismo o su integración.

Tal es la ley dinámica de la individualidad. La ley estática no ofrece tampoco dificultades.

Como el individuo presenta un cierto grado de desarrollo orgánico, cuyas partes definidas son varias, denominaremos "estado normal", "estado fisiológico" del individuo, aquel en que todas las partes del organismo funciona sin obstáculo, es decir, en que cada órgano desempeña su papel.

En ese estado normal de equilibrio, cada función orgánica le pro-

---

12   *Principios de Biología.*

cura un goce al hombre.

Pero si uno o varios órganos cesan de ejecutar sus funciones por diversas razones, el equilibrio se rompe, de suerte que el estado del organismo será patológico, anormal, enfermizo y acarreará el sufrimiento.

En este caso el individuo, aunque a pesar de todo no hubiere dejado de ser tal, en razón de su aptitud constante para "sufrir" y para "gozar", el individuo se encoge, se achica, se simplifica, por decirlo así no obstante que pueda complicarse en otro sentido.

Era lo que pasaba; todos los que no habían huido, por ésta o aquella causa, se habían encogido, achicado, simplificado, y no sabían sino "sufrir" aunque se complicaran.

Por consiguiente, Rozas era en todo caso el único que "gozaba" a la manera de un pulpo monstruoso con antenas y tentáculos gigantescos, como para enredar en ellos un pueblo entero.

O todo el mundo pasaba por una crisis, el estado general era patológico, y Rozas no era más que el representante típico, "un anormal", de la sociedad argentina.

¡Se vieron tantas cosas en aquellos tiempos de horror en que el país se estremecía del uno al otro confín, como un endemoniado que sólo Dios sabe! Las teorías, las hipótesis, las doctrinas, los sistemas no alcanzarán a persuadir sino a éstos en tanto que agravan el escepticismo de aquéllos.

No podemos detenerlos a demostrar ni en síntesis la ley Baer [13]; diremos sólo que el fenómeno a que nos referimos es un caso de desarrollo patológico y no normal visto que el individuo retrograda.

Pero hay un hecho, *factum,* una verdad innegable, tan cierta como la existencia material de Rozas, y es que nadie atentó contra la vida del tirano, que, como lo dejamos consignado en páginas anteriores, era accesible a todos, con más o menos dificultad pues no puede decirse que se ocultaba, que se sustraía al contacto de las gentes, ni que se rodeaba, para tomar el aire, de guardias pretorianas haciendo a su alrededor una muralla de aceros protectores.

---

13   Baer ha formulado así la ley del progreso orgánico: El pasaje por una serie de desmembraciones o diferenciaciones de lo simple a lo complejo, de lo homogéneo a lo heterogéneo.

Ni el fanatismo, ni la venganza, ni el odio, ni la locura se atrevían; todos, todos sentían, sin embargo, la opresión, cual más cual menos (¿acaso en la misma familia no se aseguraban antes, para desahogarse, de si alguien podía escuchar?), y sus enemigos pregonaban a todos los vientos este mensaje siniestro del espíritu airado: "es acción santa matar a Rozas".

La causa, saliendo de las esferas científicas, o de las leyes que rigen la biología, la causa inteligible para todos los que entienden lo que se escribe en las gacetas –esas enciclopedias populares-, la causa de aquél como aplastamiento nacional la buscamos, no la hallamos, no hallamos una que nos satisfaga, y si la hallamos no nos resolvemos a decir: hela aquí.

Tememos equivocarnos. Hasta Herbert Spencer se ha equivocado sosteniendo que la sombra era obscura, y lo sostuvo hasta que un tratado popular de óptica le enseñó que sus ojos lo habían engañado, es decir, que el color de una sombra depende de todos los objetos que la rodean, objetos capaces de emitir rayos y de reflejar la luz; en una palabra, que la sombra es frecuentemente coloreada.

El mismo lo refiere en su ensayo *La significación de la evidencia,* y con este motivo refiere que hace cincuenta años que en Inglaterra existía una singular superstición: los frutos de los árboles que crecen al borde del mar se transformaban, –era la creencia-, permaneciendo cierto tiempo debajo del agua, en seres encerrados en conchillas, y se les conocía por el nombre de "carnacles". Pero la metamorfosis no se detenía ahí, y los "carnacles" se transformaban enseguida en una especie de pájaro de mar, al que se le llamaba "ganso–carnacle" (*Carnacle goose*).

Esta historia de los carnacles no sólo la había acogido el pueblo, sino también los naturalistas de la época; más aún, la creencia de estos últimos se había fundado en observaciones hechas y aprobadas por las grandes autoridades de la ciencia y publicadas con su consentimiento.

Sir Robert Morey, describiendo esos carnacles en un artículo inserto en el *Philosophical Transaction,* se expresa así:

"En cada conchilla que yo abría hallaba un verdadero pájaro de mar: se distinguían un pequeño pico parecido al del ganso, ojos, cabeza, cuello, pecho, plumas obscuras; por fin, patas parecidas a las de un pájaro de mar".

Ahora, esos *soi–disant* carnacles están tranquilamente relegados a uno de los grados más bajos de la escala zoológica, y Herbert Spencer dice que no sabe uno cómo figurarse qué fue lo que Morey tomó por cabeza, alas, etc., etc., de un pájaro de mar.

Y sin embargo, Morey había hecho observaciones minuciosas y comprobado todo con sus propios ojos.

Repetimos, pues: no nos resolvernos a decir explícitamente: la causa de aquel "achatamiento" hela aquí.

Otros vendrán, y con más vigor de penetración mental levantarán siquiera una unta del velo que cubre la estatua de Sais. Resolverán así un gran problema, que no es accesible a todo el mundo en el estado actual de la ciencia, no obstante sus progresos pasmosos. Porque es en efecto un gran problema (no hay más que plantearlo para verlo), resolver si el progreso individual y la evolución social –según el tipo del desarrollo orgánico-, se excluyen mutuamente como el desarrollo de los órganos y el del individuo. Téngase presente que hay dos géneros de progresos: el progreso de la sociedad y el desarrollo individual del hombre, y que esos dos progresos no siempre coinciden.

Capítulo XIII

Mezcla de ilusión y de ignorancia en Rozas. – Qué interroga-
ciones hay que hacerse respecto de él. – Afán del autor. – Lo que de-
searía. – Rozas self made man. – Qué libros tiene. – A qué aspira en
los primeros años. – Qué hombre tuvo influencia sobre Rozas. –
Distinción entre gobierno fuerte y un gobierno de fuerza. – Hay
que penetrar en el fuero interno. – Cromwell y Rozas. – No es un
hombre de acción. – Urquiza lo es. – Rozas no tuvo fe en sí mismo
al principio. – Conversación con el padre del autor.

Se ha dicho que cierta mezcla de ilusión y de ignorancia, la cual
lleva aparejada cierta pobreza de conciencia, está lejos de ser una debilidad en la batalla de los partidos. Algo de esto hallamos en Rozas[14]; y es así como nos explicamos, alguna explicación es menester,
valga lo que valiere –su superioridad de combatiente, su triunfo completo o relativo contra todos sus adversarios, su éxito constante en re-
mover obstáculos, renovándose sin tregua las dificultades ante las fu-
rias de la anarquía implacable doquier renaciente.

---

14   A manera de prueba, referiremos que estando Rozas en el destierro le mandó
a un su sobrino, militar, su banda de general, para que cuando llegara a ese grado la usara (esa banda le fue regalada como curiosidad al historiador Saldías por
aquél). Rozas no veía la imposibilidad moral del caso (dadas las nuevas ideas a
que el destinatario de la banda servía) ¿o pensaba qué? Quién sabe si no pensaba ofuscado por la ignorancia de las cosas,-y en su ilusión– que el susodicho sobrino podía ser un reaccionario en el sentido de su gobierno. En este hecho se
contiene un problema metafísico relacionado con la complicada personalidad
de Rozas, a saber: que quizás no creía en la buena fe del que él consideraba capaz de llegar a ser general al servicio de un nuevo régimen, viendo en él un partidario porque no le había hecho mal alguno, o las tristezas del ostracismo an-
ticipaban la chochera.

Si se tratara de otro personaje histórico, no sería lícito dejar de preguntar: ¿cuáles eran sus opiniones filosóficas, pertenecía a una escuela, tenía un maestro (¿ y sus lecturas favoritas?), era idealista, espiritualista, sabía elevarse hasta las ideas generales y descender de las altas esferas a la acción, se daba cuenta de las dificultades, sentía aproximarse los peligros, tenía escrúpulos que otros ignoran, vacilaba o era reflexivo, discurría, meditaba e iba después eléctricamente a su fin, o era un impulsivo, que sólo creía en la inspiración, o era un fatalista que tenía fe en su estrella; en su destino; preparaba los sucesos o se lanzaba en ellos en cuerpo y alma sin jamás hacer cuentas con los peligros ni con el egoísmo?

Pero tratándose de Rozas, ninguna de esas interrogaciones hace al caso; hay que hacer otras, aunque se incurra al contestarlas en una tautología, indispensable, por otra parte, si se tiene presente que en libros como éste, no es forzoso mantener ni el estricto enlace de la unidad cronológica de los sucesos, ni la de las consideraciones, reflexiones y comentarios más o menos trascendentales ya aducidos.

Nuestro afán febril, nuestro anhelo persistente no consiste en que al final se piense: "un bello libro, un libro verdadero, que contiene alimento para el espíritu y el corazón; es más importante y más esencial en la vida de un pueblo, que muchos tumultos políticos y militares. La *Iliada* ha hecho más por la gloria de Grecia que Maratón y las Termópilas".

No; aspiramos a muchísimo menos.

Desearíamos producir una impresión que se tradujera articulando estas palabras: he ahí un libro de buena fe, veraz, sincero como un grito de la conciencia atormentada, comprimida por largas años de discreto silencio; he ahí un libro, buscando en la observación de las profundas modificaciones que se producen al pasar del período objetivo antropocéntrico al periodo excéntrico, o sea el momento de las diferenciaciones en la vida de la sociedad primitiva, así como en la lucha y en la meditación, ¿buscando qué? el convencimiento, la persuasión personal.

Nada de lo que más arriba decimos hay que preguntar respecto de Rozas. Es un hijo de la naturaleza rebelde desde la infancia a toda coacción, un *self made man,* un autor de sí mismo, un trabajador incansable, que si piensa no se pierde en las nebulosas de la abstracción, que no se preocupa de Dios ni de la eternidad; que mira al cielo para averiguar en las estrellas si lloverá o no lloverá, sin que las estrellas le digan otra cosa; algo; que discurre maduramente sobre un fin material, aplicando a él todas sus facultades físicas y morales, pues ese fin es, para él, ser todavía más independiente de lo que lo es, por la fortuna. En una palabra, quiere ser rico, porque el pobre es un desheredado que tiene que agachar la cabeza y esto le horripila; viviendo en contacto diario con él así se lo enseña.

No tiene más libros que los indispensables, y el Diccionario. Las noches del campo son largas, lo lee; escribe, escribe mucho, da instrucciones y órdenes por escrito a sus capataces; porque eso es mandar más claramente, siendo más terminante, porque así no alegarán que no entendieron bien, y porque al mismo tiempo a fuerza de escribir y escribir perfecciona su letra, que llega a ser hermosa y no mediocre su ortografía. En sus primeros años ser rico, significa para él todo: es un fin supremo. Todavía no ve que es un medio también. No hay antecedentes que demuestren que el estanciero podrá llegar a tener gran ambición política. Despertóse ésta después. En tal sentido Rozas no se hizo; lo hicieron los sucesos, lo hicieron otros, algunos ricachos egoístas, burgueses con ínfulas señoriales –especie de aristocracia territorial que no era, por cierto, la *gentry* inglesa. Era hombre de orden, moderado, de buenas costumbres, con prestigio entre el gauchaje; tras de él, estarían ellos gobernando.

Rozas en su primer gobierno le tomó el pulso al poder y el gusto. Fingió, sin haber leído a *El Príncipe,* "simuló y disimuló", se dejó inducir y preparó su reelección. Sólo un hombre, un Anchorena, tuvo verdadera influencia sobre él. Y por cierto que esa influencia no fue nada benéfica para el país, aunque el que la ejercitaba fuera persona de bien en la acepción lata. Pero pertenecía al grupo de hacendados cuya gran profiláctica consistía en recetar un gobierno "fuerte". En este concepto se contenía mucho más de lo que la palabra implica. El gobierno fuerte, en un país de libertad, y la República lo era en principio, debía serlo o el desorden vendría; no valía la pena entonces de haber sacudido el yugo metropolitano; ese gobierno fuerte en una democracia no está reñido con la ley. Al contrario, será tanto más eficiente cuanto más observador de las leyes sea. Pero hay que distinguir entre un gobierno "fuerte" y un gobierno de "fuerza". El primero excluye al favor como regla, tiene algo de impersonal; el otro no tiene más regla que "siendo amigo, bien está donde se halla, hay que buscarle la vuelta a la ley, que ampararlo, que salvarlo". Es algo más y peor que un gobierno de partido excluyente, es un gobierno esencialmente personal, cuasi de familia.

¿Los que ese gobierno fuerte aconsejaban, querían simplemente lo primero o *in pectore* tenían lo segundo?

Aquí hay que penetrar en el fuero interno.

Lo que vino los acusa; pero pudieron estar de buena fe, como los Puritanos. ¿Podían ellos penetrar lo insondable (lo *infathomable*), el alma de Cromwell? En el alma de Rozas hay algo de eso, aunque entre él y Cromwell haya esta diferencia sustancial: Cromwell es un precursor, encarna algo; si hallara al rey, dice, con esta mano lo mataría; está a caballo para combatir, es un espíritu transfigurado en un sujeta físico, tiene que ser de acción.

Rozas no es un hombre de acción: no hay que confundir al trabajador, que no se da punto de reposo, persiguiendo bienes temporales, con el hombre de acción propiamente dicho; así los veinte años largos de tiranía de Rozas fueron veinte años de bufete, derrochando tinta que se convertía en charcos de sangre. Sólo montó a caballo, para caer. Cromwell se creía providencial, sentía dentro de sí mismo algo sobrehumano que sólo siente el creyente, el fanático; lo derrocan una vez entronizado, no piensa en eso; no teme la muerte, sabe que es mortal, y de ahí que todos cuantos él acaudilla lo siguen experimentando un no sé qué, que es elevador de almas (*soul elevating*).

Hombre de acción, guerrero y sólo guerrero, batallador infatigable, que muere como los gladiadores, luchando con rabia, cuerpo a cuerpo, con las armas en la mano, sin que el número lo intimide, al contrario, acrecienta su energía y su encono –porque está rodeado de su mujer y de sus hijos-; hombre de acción era Urquiza. Tiene un tilde que lo ennegrece: fue traidor.

Pero ahora no se trata de eso. Sintió quizás remordimientos y pensó, pensó bien, que todo se puede rescatar por el arrepentimiento...

Que Rozas no tenía fe en sí mismo al principio; que su fe le fue creciendo poco a poco, lo que arguye que no era predestinado, nos lo demuestra una conversación que alguien que es como nuestro *alter ego* tuvo con el general Mansilla, padre.

Se decía después de Caseros: don Juan Manuel debe tener algún dinero en Europa.

—No –repuso el general Mansilla.

—¿Pero cómo puede haberle faltado un hombre de confianza?

—Lo tenía; pero se había ensoberbecido de tal manera, que no podía admitir, ni poniéndose en la hipótesis de su caída, que se dudara de él.

—¿Tendrá dinero guardado?

—Tampoco; no se oculta un tesoro... Mas esto no quiere decir que no haya pensado en que el poder es un accidente, expuesto a todo género de vaivenes, efímero como la vida; el más sano y robusto puede morir repentinamente aplastado por una pared. Tan pensó, que cuando subió la segunda vez al gobierno un día me dijo:

—Amigo, usted que es hombre de buen gusto, hágame el favor de comprarme unas lindas alhajas, que deseo regalarle a Encarnación.

Se las llevé. No eran muchas, pero eran de lo rico y más valioso que tenía Fabre (el padre o abuelo de los actuales joyeros, cuya casa estaba cerca de la esquina Victoria de entonces).

—Son muy bonitas, pero son pocas... ¿y cuánto ha pagado por ellas?

—Tanto... –Rozas hizo un gesto de decepción y contrariedad.

—Yo quería algo mucho mejor.

—No hay nada mejor.

—Bueno, amigo, esto no sirve; pero déjemelo no más.

—Se pueden devolver.

—No, se comprarán después otras; porque, ya sabe usted; nunca se está seguro, y si uno de estos días me agarra la trampa, llevando eso Encarnación entre las polleras (a las mujeres no las registran), durante algún tiempo tendremos con qué vivir.

Capítulo XIV

El crimen de los emigrados y el de Rozas. – ¿Qué diría si resuci-
tara? – ¿Qué dirían los emigrados? – La doctrina de Monroe y una
palabra en Washington del doctor don Roque Sáenz Peña. – Mon-
sieur Thiers en Le Constitutionnel. – Monsieur Thiers en 1840 y
1846. – Antipatía del gaucho contra el extranjero. – Fuerza de las
preocupaciones. – Rozas es su representante más genuino. – ¿Puede
haber en un país dos clases de naturalezas? – Lord Salisbury y un
obrero inglés. – La mayoría del país estaba con Rozas. – Exagera-
ciones en los actos y en las intenciones. – El período de las interven-
ciones es el más luctuoso. – Garibaldi y franceses en el Plata. – Otra
vez monsieur Thiers. – Sintonías de desaliento. – La suma del poder
público otorgada a Rozas. – ¿Por cuántos votos? – L'Empire c'est la
paix.

El crimen de los emigrados fueron sus complicidades con el extranjero. El gran crimen de Rozas más adelante veremos en qué con-
sistió. Las intervenciones, las protestas, las reclamaciones se sucedían:
el llamado "restaurador de las leyes y del sosiego público" conculca-
ba las leyes y no restauraba la paz sino exterminando. Sus fuerzas re-
doblaban cada vez que el extranjero se presentaba. Y el resultado final era un tratado cualquiera más y el caudillaje más y más arraigado,
desde Buenos Aires a Jujuy y desde los Andes al Uruguay... Y si unos
caudillos morían y a otros los asesinaban, fecundada la tierra con sangre, otros, sus herederos naturales, surgían.

Si juzgamos a Rozas con el criterio contemporáneo justo es y lógico
también que a sus adversarios los midamos con la misma métrica vara.

Si Rozas, declarado infalible por una Legislatura, resucitara, probablemente insistiría en que su gobierno fue lo mejor dentro de lo posible. Muchos de los que le sobreviven y que le sirvieron de buena fe, todavía juran que aquellos tiempos no eran tan malos como se dice. A otros los ha convencido la evidencia, y sin filosofar han arribado a persuadirse de que la libertad no es completa, en parte alguna de la tierra, mientras en ella exista un solo individuo que no sea libre, un oprimido.

Pero si los unitarios resucitaran y se les dijera: nuestros antepasados, los patriotas de 1810, desencantados o desalentados, anduvieron mendigando de corte en corte un príncipe europeo. Vosotros los habéis irritado, vosotros argentinos también habéis andado no sabiendo ya qué hacer para derrocar la tiranía, gestionando intervenciones armadas contra ella, en Inglaterra y en Francia. ¿Qué os parece?

Se nos antoja sostener, que salvo una que otra excepción, todos ellos contestarían: fue contraproducente, un error.

Pues por eso es que a ese error, que no podemos juzgarlo sino con el criterio del patriotismo contemporáneo, le hemos llamado crimen.

El Dr. don Roque Sáenz Peña estuvo ciertamente inspirado cuando en el Congreso Americano de Washington exclamó: "La América para el mundo". Es la antítesis aparente de la doctrina de Monroe. Mas esta doctrina tiene una virtud, que hay que entender. Ella quiere que la América, siendo de los americanos, no esté expuesta a las acechanzas de la Europa; no excluye de nuestra vida al europeo, aunque vea un peligro en toda intervención europea armada, tendiente a mezclarse y solucionar cuestiones domésticas o internacionales puramente americanas.

Hemos dicho en el Prólogo: "no me propongo autorizar mi palabra con recortes de gacetas". Seremos por consiguiente tan sobrios cuanto es posible, cuando la necesidad de hacer una referencia se nos imponga. En el caso presente una sola bastará.

Véase lo que en 16 de mayo de 1846 escribía monsieur Thiers en *Le Constitutionnel* :

"En 1810 la Francia tenía necesidad da terminar con la Plata, por razones extrañas a la cuestión misma que se agitaba en aquellos parajes. Desde el momento, pues, en que su gobierno no buscaba ya lo que más convenía a los intereses de Francia, considerados de una manera absoluta y especial, el tratado tenía su razón de ser en las relaciones generales de Francia en la misma época; a la vez, como expediente para salir de una situación dada y un momento dado, es irreprochable. No es lo mismo cuando se le encara del punto de vista de los intereses que su conclusión tenía por objeto reglar en América.

"Las instrucciones del señor almirante de Mackau le prescribían que exigiera una indemnización para los franceses que habían sufrido por las crueldades de Rozas, la garantía que no estarían ya sujetos a ciertas exigencias del gobierno argentino, y condiciones honorables para nuestros aliados. Estos aliados eran de dos especies: los insurrectos de Buenos Aires, armados contra Rozas en el seno de la república que él tiranizaba, los cuales habían recibido subsidios de nosotros, y el Estado de Montevideo, que era un aliado, obrando con nosotros como un Estado independiente. Para los unos había que obtener una amnistía: para los otros una garantía de existencia.

"En otros términos, el señor de Mackau tenía intereses puramente franceses que hacer prevalecer e intereses americanos que resguardar: estos mismos eran intereses franceses, puesto que se trataba de la suerte actual y del porvenir de nuestros aliados.

"Y aunque se les haya rehusado este título a los argentinos que marchaban con nosotros, y aun al gobierno oriental, unos y otros tenían derecho a ello, porque habían recibido nuestros subsidios y obrado de concierto con nuestra escuadra. Bajo la fe de nuestra amistad, el gobierno oriental le había *declarado la guerra a Rozas* ; y a la proposición que le había hecho el gobierno francés de celebrar un tratado en regla de alianza ofensiva y defensiva, el presidente del consejo el 1.º de marzo había contestado con esta declaración: 'En cuanto a la alianza (son los términos de una nota pasada al ministro del Uruguay el 31 de julio de 1840) que vuestro gobierno desea celebrar por las circunstancias de la guerra actual contra el general Rozas, no tengo necesidad de recordar que esa alianza *existe de hecho,* y por cierto que las pruebas de amistad que la república Oriental del Uruguay ha recibido ya de Francia garantizan asaz *en todo estado de cosas así en la guerra como en la paz, las mismas simpatías y los mismos testimonios de interés que le están asegurados'"*.

El presidente del consejo a que monsieur Thiers se refiere es él mismo. De modo que en 1846 el publicista confirmaba todo lo que el hombre de estado decía en 1840, seis años antes. Era consecuente como lo eran los emigrados, los unitarios, los enemigos de Rozas.

Pero éste era también consecuente consigo mismo, y su sistema se hacía cada vez más ominoso a medida que la ingerencia extranjera se patentizaba y que los argentinos se destacaban en el cuadro de la acción unidos al extranjero contra él; el extranjero europeo, genéricamente denominado *gringo*. La antipatía del gaucho, la antipatía popular contra aquél era tan fuerte como la de los criollos contra el español, los *godos,* que seguramente, y hablando con alta imparcialidad, gobernaban la colonia con más equidad, justicia y humanidad que ciertos gobernadores, de cualquier color que fueran, después de la emancipación.

Creía Rozas, al llamarse "Defensor de la santa causa americana", ¿creía o no creía en que esa causa estaba en peligro? Los mismos hombres de 1810, ¿no la habían ya amenazado pensando monarquizar la República? Pero ¿por qué no había de creer Rozas en ese peligro? La masa del pueblo creía con ese convencimiento vago de las multitudes que suele no ser más que preocupación. ¿Pero por ventura las preocupaciones no son un *fulcrum* nacional y popular tan poderoso como las convicciones cuya raíz está en la razón? *Grattez le russe vous trouverez le cosaque.*

¿Y los argentinos? No diremos como Rivadavia de los porteños: "son gauchos con camisa almidonada"; porque desgraciadamente, y a pesar de nuestras riquezas naturales, hay muchos argentinos que no tienen camisa. ¿Y qué diremos? Que Rozas, fueren cuales fueren sus antecedentes de origen, de raza, de nacimiento, era un representante genuino del *gaucho*. Su alma transfigurada en legislador supremo, señor de vidas, famas y haciendas, y que su popularidad tenía que crecer a medida que el extranjero le creaba dificultades.

Sus mismos enemigos, los que no pudieron o no quisieron huir (no emigra todo un partido grande o chico), tenían que pasar por crisis del espíritu singulares, ¿o no eran argentinos con preocupaciones?

¿Puede haber en un país dos clases de naturaleza?

La cuestión no es más que de grados de cultura. No es igual evidentemente el radio de comprensión racional de lord Salisbury que el de un obrero de Liverpool. Pero pongámonos en la hipótesis, inverosímil, de una alianza de ingleses con extranjeros para suprimir cualquier abominación insular. Hay noventa y nueve probabilidades contra una de que el gran estadista y el obrero pensarán y sentirán de idéntica manera.

¿Por qué?

Porque a la manera que la cooperación, según se puede ver observando el proceso humano, transforma poco a poco los *fetiches,* los ídolos personales en ídolos de familia, en ídolos de toda una gente y en ídolos de tribu que toman un carácter asaz abstracto en el sistema del politeísmo, así las guerras continuas sugiriéndoles a todos los miembros de la sociedad el mismo fin –la defensa, contra los enemigos exteriores–, confunden y nivelan las distinciones que se han introducido en la sociedad.

La tiranía de Rozas, se argüirá.

Perfectamente, eso era espantoso, execrable. Pero era asunto argentino, exclusivamente argentino, cuestión interna, cuestión de familia argentina.

Rozas no pretendía desmembrar a Francia ni a Inglaterra; Rozas no tenía concomitancias con los partidos franceses o ingleses, como las tenía con los republicanos brasileños, lo que explica y justifica *a priori* la presencia de huestes imperiales unidas a las de Urquiza, y abona en este caso, y no en los otros, a los emigrados que querían dar en tierra con él, no participando, por otra parte, con sus vistas sobre Río Grande, o sea con su política de injerencia clandestina en aquella dirección.

En tales emergencias la inmensa mayoría del país estaba con Rozas. Y las consecuencias no podían ser sino las que fueron: la guerra, las confiscaciones y las proscripciones en todas las provincias argentinas. Tucumán, Mendoza, Catamarca principalmente, imitando al "Defensor de la santa causa americana", dictan decretos poniendo fuera de la ley a los unitarios, declarándolos en alguna "locos", y las matanzas se siguen. Fueron muchas; no tantas como Rivera Indarte lo apunta en sus "Tablas de sangre", empero, bastantes para estremecerse entonces y ahora al recordarlas.

Es curioso; todo se ha exagerado de uno y otro lado por los partidos, "actos e intenciones". Después de un combate, el parte aumentaba siempre el número de las víctimas; de modo que una estadística sobre este solo punto arrojaría unas cifras inverosímiles pues no había suficiente población para surtir tantos raudales de sangre.

Habría pasado lo que con el Paraguay después de la guerra de la Triple Alianza. López ocultaba sus desastres. Pero el día en que exhaló el último suspiro, huyendo hacia Bolivia, el bardo argentino pudo exclamar:

Ya no existe el Paraguay,
donde nací como tú.

Así los seis años de intromisión europea en las cosas del Río de la Plata, de 1840 a 1845, marcan precisamente el período más luctuoso del gobierno de Rozas, empezando por la expulsión de los jesuitas que no colocan *su retrato* en los altares (toda otra versión no es completamente verdadera), siguiendo con el asesinato de Maza, asesinado por federales mismos y acabando con la India Muerta, donde Urquiza ya no deja dudas.

Y todo ha sido inútil. Garibaldi con *los mil* puede producir efectos maravillosos en Sicilia; en América contra Rozas nada puede, ni pueden los legionarios franceses de Montevideo.

Y hasta cierto punto todo esto se comprende, si no alcanza a persuadir.

Mr. Thiers agregaba en *Le Constitutionel* :

"En cuanto a los argentinos, no podían ellos ser considerados como simples emigrados armados, puesto que se apoyaban en los gobiernos de Corrientes y Entre Ríos, independientes y soberanos, dentro de los términos de los diversos tratados que los unen a Buenos Aires. Había, pues, ahí para Francia una cuestión de lealtad, de honor, y por consecuencia de consideración y de influencia presente y venidera".

Y sigue:

"En lo concerniente a los intereses puramente franceses, el almirante de Mackau obtuvo (artículo 1°) una indemnización para los franceses que hubieran sufrido perjuicios en territorio argentino y el tratamiento de la nación más favorecida para los franceses establecidos en el territorio y con cargo de reciprocidad".

Concluyendo de otras extensas consideraciones:

"Rozas ganó en esto la disolución de la liga formada contra su poder, la desconfianza y la hostilidad sembrada entre sus adversarios, el retiro de Francia y la libertad de obrar, sin tener que estrellarse contra nuestras armas, contra los enemigos que quedaran de pie ante él".

Como se ha visto, Rozas salía del paso con un tratado más o menos ventajoso. Pero el país iba para atrás, pero la conciencia pública se extraviaba cada vez más y síntomas de desaliento intenso se sentían ya; los emigrados solicitaban indulto o volvían exponiéndose... Y decimos que la conciencia pública se extraviaba cada vez más aludiendo a que aquellas alianzas con el extranjero era moralmente imposible que no la mitificaran. Al paisanaje no nos referimos: en la provincia de Buenos Aires, cuando se trató de darle a Rozas *la suma del poder público,* en forma plebiscitaria, mejor dicho, *ad referendum* se creyó ocioso oírlo; los *gauchos* estaban con él; los *lomonegros* (apodo que puso Rozas a la gente de las ciudades que usaba levita negra) eran poquísimos ¡y qué habrían pesado en la balanza!

Nos referimos a esa conciencia pública, a esa opinión que tanto influyó en los destinos del país, lo que llamaremos las pulsaciones de Buenos Aires, que en 1835 ratificó la sanción de la Legislatura por 9.330 votos contra 4 (!¡), es decir, que en la Atenas del Sud, como a Buenos Aires se le llamaba, 9.330 voluntades, no había más que consultar, decretaron el *suicidio* de todo el país ¿en nombre de qué?

De esto y nada más dígase cuanto en contrario se quiera: los grandes y pequeños propietarios de Buenos Aires y de muchas provincias, de todas, veían en Rozas el fin de toda clase de guerras. Era algo así como el famoso dicho ulterior: *l'Empire c'est la paix.* De 1810 a 1835 tantas habían sido las calamidades que el anhelo universal era la paz.

¿Estaba Rozas de buena fe como tantos que sin ser sus partidarios lo estaban? ¡Quizá! Pero la buena fe no basta cuando se piensa con gravedad en fundar algo grande, estable, duradero; Bismarck, para sólo citar uno moderno, con esa única virtud moral no habría realizado la unidad germánica.

Rozas era inferior a su tarea; los unitarios a la suya. *Nitchémau nie byvate* (no hay nada que hacer), exclamó Pedro el Grande en cierta apremiante coyuntura, agregando en el acto después: "Hallaré otra cosa antes de esta noche; ven a las cinco". Y halló. La República Argentina debía esperar largos años antes de que los emigrados hallaran su hombre en un coadyutor y cómplice de Rozas.

Capítulo XV

Una ley sociológica argentina. – Es menester que la medida se colme. – El alma argentina estaba triste. – La última intervención anglo–francesa. – Fue la más contraria a los intereses nacionales. – La navegación de los ríos. – El principio de la soberanía nacional comprometido. – Consecuencias; no hay cabotaje argentino. – No hay mal que por bien no venga. – Rozas pudo conjurar los nuevos peligros. – El que persigue y el perseguido tienen su lógica. – No había necesidad de más sangre. – Rozas creyó lo contrario. – Habla él mismo desde Southampton en 1870. – Remordimientos de un hombre político. – Camila O'Gorman. – Discusión. – Rozas el hombre de su tiempo.

Parece ser una ley sociológica de la evolución transformista argentina que cada década, año más o menos, tenga lugar una crisis o una explosión. Enumeremos: en 1810 la emancipación; en 1820 la guerra civil; en 1830 Rozas; en 1840 los degüellos; en 1850 la alianza de Urquiza para derribar a Rozas; en 1860 Pavón; en 1870 una revolución; en 1880 otra revolución; en 1890 la última revolución. ¿Habrán concluido los sacudimientos a mano armada? Creemos que sí.

Rozas había arribado a exaltar de tal manera el sentimiento público, que sus órdenes hubieran podido concluir así: "Nadie está encargado de la ejecución del siguiente decreto", sabiendo de antemano que todo el mundo lo ejecutaría.

Es evidente que los que tengan una convicción *a priori* sentimental, por consiguiente fanática, se dirán: es imposible. Son ingenuos que ignoran lo que pueden el miedo y la cólera: el miedo necesario, la cólera impulsiva. Y si así no hubiera sido, Urquiza no habría osado, sintiéndose él mismo amenazado. En todo es menester que la medida se colme. Nunca está más próximo de reaccionar un pueblo que cuando ha perdido la vergüenza o se ha corrompido; esto como aquello pueden conducir a la redención, ya sea que se profese la teoría de la no resistencia de Tolstoi, o la de Herbert Spencer, que la resistencia contra toda agresión es no sólo justificable, sino imperativa.

¿Queréis un ejemplo como para meditar? Ahí está Rusia.

Cuéntase que Gogol lo leía una vez a su amigo Pushkin un capítulo de las *Almas Muertas,* y que el poeta no acertaba a decir por toda crítica sino: "¡Dios, como nuestra Rusia, está triste!". No ha tenido la República Argentina, pueblo de ayer, intérpretes tan expresivos. Su alma joven estaba en pena. Pero sentía vagamente que aquella existencia era intolerable, y que hora más hora menos sus dolores cesarían. Dios estaba triste como ella, y aunque hasta su tristeza tuviera que ser disimulada, la hora del rescate se acercaba.

Una última intervención vino. Era quizá, y sin quizá, la más contraria a los intereses nacionales encarados bajo cierto aspecto. Nos referimos a la que violó la soberanía de las aguas argentinas, navegando por la fuerza su gran río Paraná. Dos grandes interesados había principalmente en eso, el Paraguay y el Brasil, éste sobre todo. No hay para qué reproducir aquí argumentos tantas veces aducidos. Trazamos un itinerario, y cada aserto de los que adelantamos contiene materia para un escrito voluminoso.

Rozas en principio tenía razón.

Luchó, las armas argentinas estuvieron a la altura de sus antecedentes, y más de un soldado pundonoroso cayó gloriosamente cumpliendo con su deber, hasta teñir con su sangre las aguas de nuestros ríos.

Conviene epilogar sumariamente lo que Rozas y sus hombres sostenían. Se verá así que la tiranía podía tener razón en principio, y viceversa, no tenerla sus enemigos o contradictores.

Oigamos su lenguaje:

"Ni el gobierno argentino tiene obligación de conceder el paso por el Paraná, aun en los casos de necesidad extrema de un pueblo extranjero, cuando el permiso es perjudicial a la nación que él gobierna, ni Bolivia, ni el Brasil y el Paraguay se hallan en semejante caso. El Brasil y Bolivia tienen otras salidas; y, claramente, no necesitan ni víveres para su subsistencia, ni otros objetos precisos para su conservación. El Paraguay tampoco los necesita; y aunque tuviera necesidad de ellos, bien claro es que el gobierno argentino no puede considerarlo como Estado independiente, a causa de que su separación no es legítima, y concederle el paso sería, sobre inconsistente con su propio derecho y necesidad, derogatorio de sus títulos indisputables de soberanía e integridad territorial.

"Mas, aun dado el caso de necesidad extrema para el Brasil y Bolivia, que no existe, y aun supuesto simplemente para el argumento de hipótesis la independencia del Paraguay, ¿niega acaso el gobierno argentino el que se provean o comercien esos Estados? ¿Usa por ventura de un derecho perfecto según la ley de las naciones, de preferir su propia conservación a las ventajas que pudieran con gran perjuicio suyo redundar para otros? Al contrario; el gobierno argentino generalmente permite el comercio por el río Paraná, en tiempo de paz, a los brasileños, a los bolivianos, a los paraguayos, a los ingleses y franceses, y demás extranjeros, con tal que ese comercio se efectúe bajo pabellón y buques argentinos. Así es que la causa general de la humanidad y del comercio no halla aquí ni aun la exclusión legítima de las personas y mercaderías extranjeras que hacen varios gobiernos, especialmente el de Inglaterra, en sus ríos interiores, y que haría el gobierno argentino, con el más perfecto derecho si se viese obligado a ello en cualquier tiempo, en fuerza de las intrigas extranjeras que se han desenvuelto tendentes a destruir injustamente los derechos y nacionalidad misma de la República".

Hasta ahí Rozas; prosigamos nosotros.

Lo que ofuscaba a los argentinos del litoral de los ríos era el "puerto único"; si las cosas en ese sentido hubieran sido lo que ahora, los argumentos de Rozas habrían convencido a todo el mundo y nuestros ríos a la hora de esta serían accesibles para todas las banderas, *sub conditione,* como el Danubio verbigracia o los Dardanelos, en vez de ser lo que son, a punto que hasta vigilar el contrabando en ellos es una rémora para la soberanía argentina.

Pero el principio quedó herido casi mortalmente. La declaración de la libre navegación de los ríos, en la forma en que se proclamó, afianzó la independencia del Paraguay, que era argentino, y el Brasil halló entrada y salida, sin trabas, para sus vastas posesiones, inconmensurables, de Matto Grosso, limítrofes con Bolivia. Y así los dos grandes ríos, Paraná y Uruguay, declarados mares navegables para todas las escuadras del mundo, no son susceptibles de reglamentación, sin protesta, y el cabotaje argentino ha ido muriendo poco a poco; y así, la República, debiendo ser potencia marítima por sus dilatadas costas australes, su marinería tiene que ser mercenaria por mucho tiempo.

Mirando las cosas de otro punto de vista, sería el caso de exclamar: ¡no hay mal que por bien no venga!

En efecto, sin aquel hecho, Urquiza no habría pensado –sus consejeros– que Entre Ríos y Corrientes con sus veleidades de una confederación independiente podían tener vida propia, desde que desapareciera el puerto único, Buenos Aires. Santa Fe mismo, como se concibe, tenía que pecar por ese lado.

Rozas todo lo pudo conjurar. Pero estaba en la pendiente. En vez de abrir las válvulas para que el país resollara, no hacía más que comprimirlas. El que persigue tiene su instinto. Rozas no podía detenerse; sus adversarios lo empujaban.

Hagamos que hablen unos y otros. Oyéndolos veremos si el pueblo argentino estaba o no corrompido, si había perdido la vergüenza o no; corrompido, no en el sentido administrativo; falto de vergüenza, no en el sentido del pudor, sino en el sentido político, y en cuanto es incuestionable que la pasión pervierte el juicio y que la política es la ciencia de administrar justicia.

Los hombres de la Sociedad Popular no se unían ya en aquellos conciliábulos infernales, sin más reflejos que los del candil criollo, cuyo tufo nauseabundo tenía que alterar los nervios, en vez de aplacarlos, haciendo ver enemigos donde no había sino gente acoquinada, ni más ni menos que el medroso ve fantasmas en la obscuridad; ya había un poco más de luz material y moral en Buenos Aires; ya el cansancio columbraba imaginariamente el reposo apetecido; ya muchos no murmuraban en su interior *lasciate ogni speranza;* ya se veían como resucitados algunos que volvían; Vélez Sársfield mismo había aparecido y, como quien despierta de una pesadilla y recobra el sentido de la realidad viéndose con vida, otro sueño debía parecerle verse mimado en Palermo; ya el favor se complacía en devolver algunos de los bienes embargados; y todo hombre, capaz de llevar un fusil, estaba armado y lo tenía en su casa; y todos se reunían sin que uno solo faltara al toque de llamada; y Rozas en persona mandaba paradas militares, haciendo desfilar las tropas a "paso majestuoso federal" (al regular le habían dado ese nombre), soportaba la lluvia torrencial, como una hazaña para la eterna adulación turiferaria; y a nadie se le ocurría un mal pensamiento...

No había, pues, al parecer, necesidad de más sangre.

Rozas creyó lo contrario, y no ya para amedrentar, sino para moralizar.

Oigámoslo. Escribe de Europa. El autógrafo existe en poder del señor don Carlos Casavalle. Rozas está pintado por él mismo en la carta que va a leerse, carta datada en Southampton el 6 de marzo de 1870, y también está pintado el país en dos plumadas y corroborada una parte de la tesis que venimos sosteniendo, es decir, que la intervención del extranjero en las cuestiones argentinas dio pábulo a la tiranía de Rozas.

Pero antes digamos qué motivó esa carta –en la que se tratan puntos de historia nebulosos por eso mismo más interesantes, en que nos ocuparemos por su orden.

Cierto hombre político, que ya no existe, invitaba un día públicamente a que, concurriendo a su casa los curiosos, se aseguraran que otro personaje político unitario le había aconsejado a Rozas el fusilamiento de la infeliz Camila O'Gorman y de su desdichado amante. Afirmaba el otacusta que tenía a la vista el precioso original.

Viejo ya, tuvo remordimientos de conciencia. Había sido sencillamente calumniador. Quería hacer acto de pecador arrepentido.

Era la leyenda, que en este caso no es, como se ha escrito, el perdón de la historia: que tres jurisconsultos habían asesorado a Rozas. Y esa leyenda la confirmaba, en parte, la invitación a cerciorarse *de visu,* a que acabamos de referirnos.

Dejemos de lado lo que valen estos caracteres que hoy calumnian y mañana toman la esponja del desmentido para lavar con su propia mano la mancha por ellos mismos arrojada sobre una reputación cualquiera. La moral del hecho consiste en que es mejor suspender el juicio que apresurarse a condenar cuando un hombre acusa a otro de una abominación.

De ahí una carta interrogando a Rozas, que contesta. Dividiremos la misiva en tantos fragmentos cuantos puntos abarca.

Comienza Rozas:

"Ninguna persona me aconsejó la ejecución del cura Gutiérrez y de Camila O'Gorman; ni persona alguna me habló ni escribió en su favor. Por el contrario, todas las primeras personas del clero me hablaron o escribieron sobre ese atrevido crimen y la urgente necesidad de un ejemplar castigo para prevenir otros escándalos semejantes o parecidos.

"Yo creía lo mismo. Y siendo mía la responsabilidad ordené la ejecución. Durante presidí el Gobierno de Buenos Aires, encargado de las Relaciones Exteriores de la Confederación Argentina, con la suma del poder por la ley, goberné según mi conciencia. Soy, pues, el único responsable de todos mis actos, de mis hechos buenos como de los malos, de mis errores y de mis aciertos.

"Las circunstancias durante los años de mi administración fueron siempre extraordinarias, y no es justo que durante ellas se me juzgue como en tiempos tranquilos y serenos".

Antes de comentar estos párrafos tenemos que decir que otra leyenda sobre la misma inútil y salvaje ejecución corría: que estando Camila encinta, éste había sido el punto de la consulta, y que los tres jurisconsultos *no* habían aconsejado la ejecución. Y decimos consulta porque la leyenda agregaba que todo había sido verbal.

Rozas, en efecto, quería andar de prisa, como si se tratara de un asunto de Estado o de la subsistencia de su autoridad. Lo inútil, en el sentido de lo innecesario, por su propio exceso conspiraba contra él ya, precipitándolo. Los emigrados de Montevideo lo instigaban escribiendo más o menos esto: "La corrupción y la desmoralización son tales que los curas huyen arrebatando las muchachas de las mejores familias, y Rozas nada hace, fomentando el vicio".

Los tres jurisconsultos, siempre según la leyenda, fueron *oídos* por un edecán de Rozas: uno de ellos, por razones jurídicas y teológicas, dijo no; el otro, por razones piadosas, no; el tercero, que el caso era muy difícil, que no podía contestar sobre tablas. Y Rozas le mandó decir a éste: que aprendiera él, porteño, a ser categórico de un cordobés y de un beato.

Consultar estaba en las prácticas de Rozas. Pero en su carácter no estaba seguir otro consejo que no fuera el de su voluntad. Y su voluntad ya la carta dice cuál era.

Y en este como en otros casos, el problema moral no se presentó a su espíritu. Fallaba en él la regla general que tenemos, una manera de querer cuya consecuencia más frecuente es inclinarnos a lo que no querríamos. Ese *volens quo nollet pervenerat* de San Agustín, que jamás preocupó a los tiranos. El esfuerzo en Rozas era durable; su voluntad no decaía, y conquistarse a sí mismo para rehacerse habría sido una aberración.

Rozas, en el primer párrafo, se contradice. "Ninguna persona me aconsejó", comienza diciendo. Luego agrega: "Las primeras personas del clero me hablaron o escribieron sobre ese atrevido crimen, y la urgente necesidad de un ejemplar castigo, etc". Pero si esto último es verdad, lo del principio es falso, ¿o acaso hablar o escribir sobre "la urgente necesidad de un ejemplar castigo" no era pedir una ejecución?

En este párrafo, en vez de una conjunción copulativa hay una alternativa o disyuntiva, que es muy de Rozas. Una de dos: o le hablaron y escribieron, o sólo le hablaron o sólo le escribieron. El sentido es así más vago; el que escribe parece desmemoriado, y no lo está, como luego veremos. (Aunque, ¡quién sabe! ¡Ochenta y tantos años pesan tanto!)

En el segundo párrafo declara que él creía lo mismo, que el castigo ejemplar se imponía. También esto es muy de Rozas, casuista a la criolla. Quiere decir que no estaba solo, que el clero lo acompañaba. Lo que sigue es típico: "Soy, pues, el único responsable". ¡Vaya una idea de la responsabilidad! El clero le pide lo que él mismo creía, y él es único responsable ante su conciencia (acaba de decir que gobernó según ella). Pero a estar a esta carta, ¿cuándo cargó el clero argentino con responsabilidad más mortificante?

Todavía hay algo más que notar. "Encargado do las Relaciones Exteriores de la Confederación, con la suma del poder por la ley", escribe. ¿Pero qué tienen que hacer las relaciones exteriores y la suma del poder político por la ley, con la justicia que corresponde a otros estrados?

Seguramente que su autoridad prepotente era enorme; pero aun había jueces en Berlín para esto, jueces naturales, jueces de esa religión que Rozas había recibido encargo de sostener al conferírsele las facultades extraordinarias. Camila y su raptor no eran reos políticos unitarios. ¡Eh! Rozas no tenía idea de la justicia, noción pura como la belleza ideal.

La duplicidad que se contiene en este documento, invocando imparcialidad, diremos en qué consiste. Los juicios, las opiniones, el consejo, el dictamen, la determinación, la acción del hombre dependen de la situación en que se halla y de sus disposiciones de ánimo. ¿Todos los hombres sinceros, sólo los sinceros, lo son sin solución de continuidad? Rozas habla como se ve porque no quiere comprometer a nadie, mucho menos si es influyente. Lo que parece altivez es cálculo. En su destierro no está a la altura de la adversidad: piensa en el desembargo de sus bienes confiscados, y quiere servir a Dios sin ofender al diablo: de allí ese "ninguna persona me aconsejó", lo que tomado al pie de la letra significa "a nadie consulté".

Y sin embargo, he ahí el hombre de su pueblo y de su tiempo. Vino en su hora. Va pasando como un vendaval que arrasa todo lo que es resistente, hasta que un instrumento, una fuerza creada por él mismo le diga: de aquí no pasarás. La lección ha sido dura, pero hay relapsos, no será definitiva.

Capítulo XVI

Loqui non audeo. – Lo que debe ser un Ensayo. – Con qué criterio se han de juzgar los actos de Rozas. – El perdón como justicia. – Párrafos de Rozas referentes al asesinato del doctor Maza. – Discurriendo. – Influencia de nuestras pasiones sobre nosotros mismos. – Asesinato del presidente de la Legislatura. – Reflexiones sobre el asesinato. – Singular manera de hacer un sumario. – Inquietud de Rozas. – La traición del doctor Maza queda en la penumbra. – La virtud del silencio. – Lo inverosímil de la historia. – Sufrimientos de la conciencia. – El tiempo aclarará, puede ser, el misterio.

Muy espinoso capítulo de la historia del tiempo de Rozas es éste; por el hecho en sí mismo, por los protagonistas y por las especies calumniosas a que ha dado margen. Lo abordamos resueltos a no entrar en el fondo de las cosas; nos horripila la idea de la traición, de la venalidad, de las sábanas que habría que sacudir. *Loqui non audeo.* No tenemos el valor. Seguramente que en uno y otro campo hay más serenidad. Pero los herederos de apellidos ilustres, jamás leerán sin sublevarse, cargos, imputaciones o acusaciones más o menos gratuitas o temerarias contra sus antecesores.

Insistimos, por otra parte, sobre este punto: un "ensayo" no es, no puede ser, ni debe ser la crónica minuciosa de los acontecimientos; es un esbozo dentro de un marco de proporciones limitadas, en el que no han de destacarse sino determinados actores, los que más exterioricen –las ideas, los sentimientos, las opiniones, las pasiones de sus coetáneos–, pensando el autor que sólo marca derroteros para otros, que quizá se lo marca a sí mismo:

On le peut, je l'essaie,

Un plus savant le fasse

Y, bien entendido, que cuando decimos "ensayo" no nos referimos sino a lo histórico, a la manera de Macaulay, y no a lo que Mointaigne entiende cuando dice: "Así, lector, yo mismo soy la materia de mi libro; pero como no vale la pena que emplees tus ocios en el estudio de asunto frívolo y vano, ¡adiós!"

Continúa Rozas en su carta histórica, especie de palinodia póstuma, que otra cosa no significa la pretensión de que se le juzgue con arreglo a las circunstancias, perfectamente; ¿pero con qué criterio? ¿Con el de entonces, con sólo el de sus partidarios? ¿Con el de sus enemigos?

En el primer caso está justificado (y eso hasta por ahí); en el segundo está condenado.

No es posible entonces juzgarlo sino con el criterio de las nuevas ideas. Pues bien, el grito del alma tiene que ser: para los opresores de los pueblos no puede haber más que una justicia: el perdón. Por eso fueron sublimes aquellas palabras de Urquiza: "perdón y olvido".

Infortunadamente, aquí hubo más retórica en las palabras que verdad en los hechos; mintieron las acciones como durante treinta largos años habían mentido las frases. Con razón ha escrito un argentino eminente, en conflicto consigo mismo más de una vez, no lo callaremos: "el mal de estos países está en la mentira".

Pero dejemos hablar a Rozas.

"Los autores, dice, del asesinato del doctor don Manuel Vicente de Maza, fueron de los primeros hombres del partido unitario. Cuando supieron se preparaba a descubrirme con los documentos que tenía, todo el plan de la revolución, sus autores y cómplices se creyeron perdidos, si no hacían sin demora desaparecer al doctor Maza.

"Fue entonces que lo descubrieron a los federales exaltados, como el principal agente de la conspiración, ligada y pagada por las autoridades francesas, y los impulsaron al horrendo crimen.

"Así que se empezó el sumario, y me impuse de las muchas personas unitarias y federales, notables, que aparecían figurando como

autores y cómplices, lo mandé suspender; y pasados algunos días, ordené la ejecución, sin explicaciones, del que pagado fue el ejecutor de
ese espantoso asesinato.

"De otro modo habría sido preciso ordenar la ejecución también
de no pocos federales y unitarios de importancia.

"Tal era el estado de terrible agitación exaltada en que se encontraba la mayoría federal victoriosa, muy principalmente por la liga
del partido unitario y de algunos federales traidores a los extranjeros,
que tan injustamente hostilizaban al país y contrariaban la marcha
del gobierno.

"No basta, pues, que mis contrarios políticos digan ser yo quien
ordenó el horrendo asesinato del doctor Maza.

"Para que fuera cierto deberían presentar las pruebas indudables.
¿Dónde están?"

....

Discurramos.

Como una verdad abstracta todos admitimos que la pasión influye el juicio; y, sin embargo, nunca inquirimos si nuestras pasiones nos
están influyendo. Todos hablamos contra las preocupaciones, y, sin
embargo, todos estamos llenos de ellas.

He ahí una máxima spenceriana de *self control,* es decir, del dominio que debemos tener sobre nosotros mismos para no dejarnos
guiar, en historia y en otro orden de cosas a examinar, por ideas, pensamientos o sentimientos preconcebidos.

Es también axiomático que los que se han rozado con los hechos,
como autores o espectadores, no son los más indicados para escribir
sobre ellos, particularmente si han padecido, o al contrario.

El alma es un espejo que si refleja sus emociones en las horas de
incertidumbre y de pena, de bienandanza y alegría, sólo después que
el tiempo ha pasado nos da la medida fiel de lo que nos ha hecho gozar o padecer. Replegados sobre nosotros mismos, serenados o indiferentes, los fenómenos reales toman cuerpo, por decirlo así, se des-
tacan, se perfilan; podemos verlos bien, juzgarlos, apreciarlos,
definirlos mejor.

No habiendo sido en ciertos momentos ni autores ni espectadores, hablando con propiedad; no habiendo gozado ni padecido, nos preguntamos: ¿nos afecta alguna pasión, alguna preocupación nos domina, que pueda truncar nuestro juicio; impidiendo que nos elevemos hasta las altas regiones encalmadas de la fría imparcialidad?

Miramos atenta y concienzudamente dentro de nuestra esfera cóncava, y sólo descubrimos, como Rawson le decía en una carta íntima a su particular amigo el general don Cesáreo Domínguez –después de la muerte de Benavides–, qué descubrimos: "Un santo horror por la mentira".

Bajo estas impresiones vamos a examinar los párrafos de Rozas, a juzgarlos, no con las pruebas de sus contrarios, sino con las que él mismo presenta.

Estos párrafos no están en perfecta consonancia con lo que dijo en la Legislatura el doctor Garrigós, federal neto, hombre nada zurdo; no están en consonancia, sobre todo, en lo referente a la rapidez con que caminaron los sucesos, pues por ellos se ve que antes de su muerte Maza ya estaba expuesto a un trágico fin, fueran cuales fueran las consecuencias. Pero debe tenerse presente que Rozas es ya octogenario y que su mira es defenderse contra el cargo de que él ordenó el asesinato, es decir, que en el hecho hubo premeditación directa de parte suya, a lo que se agrega que el doctor Maza no era sólo su partidario, sino "su amigo", como dice el doctor Garrigós.

"En Buenos Aires a 27 de junio de 1839 a las seis y media de la noche se presentó en la casa habitación del señor vice–presidente primero de la Honorable Sala, ciudadano general don Agustín Pinedo, el ordenanza, de dicha sala, Anastasio Ramírez, y anunció al referido señor vice–presidente que acababa de ser violentamente muerto el señor presidente de la Honorable Sala doctor don Manuel Vicente Maza, cuyo cadáver había encontrado el exponente en la Sala de la presidencia".

Reunida en consecuencia la Comisión permanente de la misma Sala, y hecho el reconocimiento facultativo del cadáver del anciano doctor Maza, en el que se encontraron dos heridas mortales de necesidad hechas con *cuchillo o daga,* entraron a deliberar los diputados y dispusieron se levantase una sumaria información por uno de los secretarios.

Al día siguiente por la mañana se reunió la Sala y, leído el proceso verbal de la noche anterior, se dio cuenta de que estaba levantado el sumario, que *no se leyó* y el doctor Garrigós dijo:

...”Se ha pretendido contrastar la acrisolada fidelidad de nuestra tropa. Pero por todas partes, señores, ha encontrado el vicio la resistencia que le ofrece la virtud. Estos leales federales que detestan al bando unitario, y mucha más aún a los traidores que desertan de la causa nacional de la Confederación Argentina, volaron presurosos a participar al Gobierno aquel inicuo atentado, exhibiendo al mismo tiempo comprobantes inequívocos de la certeza de su aserto. Pues bien, señores, el autor principal de crimen tan execrable era el hijo de nuestro presidente; y sin duda alguna, datos muy exactos y antecedentes muy fundados comprobaban la connivencia del padre en el complot del hijo, estos graves cargos que gravitaban contra el *ex presidente* desparramados en la población cundieron con una rapidez eléctrica: los ciudadanos de todas clases miraron con horror tan inaudito crimen y se apresuraron entonces a dirigirse a esta H. Legislatura ejerciendo el derecho de petición. Al efecto prepararon una solicitud con el objeto de que se separase del elevado puesto de presidente de la Representación de la Provincia y aun del seno de la legislatura a un ciudadano, contra quien pesaban graves cargos y contra quien la opinión pública se había ya manifestado del modo más severo: y que por consiguiente debía quedar fuera del amparo de esta posición para que el fallo de la ley se pronunciase sobre su conducta. Aun no fue esto todo, señores; pendiente este paso, la animadversión pública se explicó más palpablemente. La casa del presidente fue agredida la noche del jueves de un modo que se conoció que el pueblo estaba en oposición a la permanencia del presidente en su puesto, que aun esa mañana ocupó. Tales antecedentes decidieron al presidente a hacer su renuncia no tan sólo del cargo que ocupaba en este recinto, sino también de la presidencia del Tribunal de Justicia. Recién entonces se apercibió que debía alejarse de esta tierra y no poner a prueba tan difícil la irritación del pueblo, y la justificación del jefe ilustre del Estado que fluctuaría entre el severo deber de la justicia y el cruel recuerdo de una antigua amistad"...

..."En tal estado, señores, ¿qué cosa resta a la H. Sala que dar cuenta de este trágico suceso al poder ejecutivo acompañándole todas los antecedentes de la materia, para en su vista dicte las medidas que su sabiduría le aconseje"...

Una resolución silenciosa así la acordó.

(Sesión del 28 de junio de 1839, publicada en la *Gaceta Mercantil,* número 4.806 el día 6 de julio) .

Como se ha visto en el primer párrafo, "los autores etc., etc.", Rozas afirma un hecho, y siendo él quien debe suministrar las pruebas no las suministra. Y el hecho que afirma es más abominable que el mismo asesinato de Maza. ¿O no es más vil que todo la delación falsa que debe conducir al patíbulo a un inocente, salvándose los verdaderos culpables?

En el segundo párrafo Rozas emplea la palabra *descubrieron.* Pero, ¿o lo descubrieron porque estaba en la conjuración o lo acusaron falsa y calumniosamente? Hay aquí una anfibología que arguye contra la sinceridad de Rozas. Lo del diario francés no tiene importancia sino en cuanto refuerza nuestros argumentos anteriores: a saber, que las ligas con el extranjero ensanchaban la base de la dictadura permitiéndole exaltar los sentimientos nativos.

La frase "los impulsaron (a los federales) al horrendo crimen" nos releva de prueba.

Si Rozas, caudillo de los federales, califica la muerte de Maza de "horrendo crimen", él y los suyos son criminales. No es el caso de Lavalle y de los unitarios que no fueron criminales porque los federales lo dijeran; lo fueron porque el fusilamiento de Dorrego fue un crimen.

Pero los unitarios jamás hablaron de horrendo crimen; mientras que ahora es Rozas, el órgano más auténtico, el que califica el atentado de los federales y se califica a sí mismo.

Pues sería curioso que Rozas no reivindicara más responsabilidad personal que la de los actos perpetuados por su "propia mano". ¿Cuáles? No se conocen. Ni sus mismos enemigos los han apuntado. Luego, entonces, su tiranía sería la obra de todos sus partidarios, y él inmune.

"Así que se empezó el sumario, etc., etc.", reza el segundo párrafo. No podemos recusar el testigo; su testimonio es perentorio, se impone.

Ese modo de hacer sumarios abocándoselos a las primeras indagaciones es uno de tantos sarcasmos judiciales de aquellos tiempos. Pero se explica. Rozas no estaba impaciente. No. Era capaz de esperar. Estaba inquieto. No era para menos. Acababa de descubrir que muchas personas unitarias y "federales"; "notables'", por añadidura, eran "autores y cómplices". Entonces no vacila. No tiene que averiguar más. Sabe que está en peligro. Basta. Necesita intimidar. Pasados algunos días (de reflexión), ordena la ejecución sin más trámite (aquí no es ya la *mazorca,* es él), del ejecutor del espantoso asesinato, del que "pagado" lo lleva a cabo. ¿Solo? No. Otros iban con él. Pero ejecutando "al pagado" le daba color a la ejecución, sin oír. ¡Que la *mazorca* no oyera! se comprende. El debía oír. ¡Ah! pero es que de otro modo (él lo dice), "habría sido preciso ordenar la ejecución también de muchos federales y unitarios de importancia".

Y así razonando, flemáticamente, escribe expatriado: cree justificarse.

De esa manera, el "horrendo crimen" queda en la penumbra en cuanto se refiere a la participación de Maza en la traición; sí, digamos en la traición al gobierno.

Pero quedando en la penumbra, cada cual es dueño de sus juicios; y esos muchos federales traidores tenían tiempo y vida para arrepentirse. De donde resulta: la duda en cuanto a Maza, la duda en cuanto si "el pagado" hizo a otros partícipes, la duda, en fin; sobre él mismo, el tirano.

Y ¿cómo quiere entonces que sus contrarios políticos digan que no es él "quien ordenó el horrendo asesinato?". Más le valiera no haber escrito esta carta. Al fin y al cabo el silencio tiene la virtud de ser oro o discreción. Rozas no convencerá a nadie, mucho menos después de sus explicaciones de que el presidente de la Legislatura (su legislatura) fuera sentenciado a muerte y ejecutado por los exaltados, sin que el más leve rumor a sus oídos llegara.

Puede ser; el hecho aparece inverosímil. En historia lo inverosímil se torna siempre contra el taumaturgo que pretende hacer milagros. Contra lo sobrenatural, la licuefacción de la sangre de San Genaro, que insiste en permanecer sólida, están las bayonetas de Championnet. Maza no era una entidad anónima: estaba sindicado; más aún cuando los unitarios se vieron en peligro por salvarse, es Maza, dijeron.

¿Y Rozas nada supo hasta que el cadáver encharcado en sangre yacía inerte? Así será... No tenemos pruebas fehacientes; las de inducción no nos bastan; nos sentimos oprimidos, nos ahogamos entre dos corrientes de la conciencia. Es el sufrimiento de los sufrimientos para el que pretende ser sincero.

La paleografía ha descubierto secretos preciosos que parecían misterios insondables: los manuscritos del *Fedón,* de Platón, y de la *Antíope,* de Eurípides; hoy es Herculano y Pompeya, mañana serán Sodoma y Gomorra, y en el dominio de la psicología los precursores de la hora presente tendrán los sucesores sabios de las verdades venideras. No puede haber tan oculto secreto que con el tiempo no se descubra; el tiempo es el taladro de lo material y de lo moral.

Capítulo XVII

¿Qué diferencia hay entre el mundo ideal y el mundo real? – Ultimo párrafo de la carta de Rozas; asesinato de Quiroga. – Rozas y los niños. – ¡La bendición, mi tío! – Tres regalos. – Retahíla. – ¿Cuál podía ser el propósito de Rozas? – Una rusa y un gallego. – Egoísmo y altruismo. – Admirables intuiciones: Urquiza. – La cuestión de Water Witch. – Para qué servían los tres regalos de Rozas. – Un dicho del señor don Domingo de Oro.– Hallazgo de papeles. – Sus efectos. – Dudas desvanecidas. – Lo que nos hemos preguntado. – Quiroga o sea el tigre de los Llanos. – Diderot y una moraleja. – La verdad se abrirá paso.

Tenemos que filosofar. ¿Qué diferencia hay entre el mundo ideal y el mundo real? Esta es la cuestión. Y la respuesta es que entre uno y otro no hay diferencias esenciales. Fichte dice: "toda realidad es el producto de la imaginación". Pero según los maestros hay que distinguir entre la imaginación *productiva* y la imaginación *reproductiva*. La primera crea las imágenes; la segunda las reproduce. O en otros términos: crear imágenes es percibir; producir los fenómenos de memoria es *reproducir*.

Sentada esta premisa vamos al último párrafo de la carta de Rozas. Contra su costumbre cuando escribe, es brevísimo, de una concisión lapidaria. He aquí como se expresa: "Dicen también ordené el asesinato del ilustre general Quiroga. ¿Lo han probado?"

Aquí no tropezamos con dificultades tan serias, con escrúpulos de conciencia tan graves como en el capítulo anterior.

Rozas en medio de su frialdad, de esa serenidad imperturbable, siempre que se trataba de proceder en virtud de sus poderes legales, tal como él los entendía, extensivos a todo, y sin más responsabilidad que la de su conciencia, que consideraba infalible; Rozas, que daba escalofríos a los hombres que le veían por primera vez, no intimidaba a los niños que se le acercaban espontáneamente; él los acariciaba. Alma más cautelosa que cauta, no veía quizá en el niño sino inocencia y dulzura, ausencia completa de duplicidad o disimulo.

Los que manejan hombres, los que se sienten adulados o temidos, buscan oasis en el seno de la sinceridad insospechable, refugios a veces raros. Excepcionalmente no está atacado de escepticismo o de hastío el que en sus horas de ocio se divierte con un bufón. ¡Hace tanto bien reír!

En la época a que nos referimos, los sábados como regla, eran innumerables los sobrinos de Rozas que iban a jugar a su casa con esta consigna paterna o materna: "Y pídele la bendición a tu tío".

Los chiquillos iban y venían, entraban y salían, gritaban, y si se encontraban en alguna de las piezas con su tío, éste les decía: "Jueguen, diviértanse; pero no me toquen los papeles, ni se vayan sin verme".

Así se hacía.

Al ponerse el sol una sarta de sobrinos iba a buscar al tío; que estuviera ocupado escribiendo o con gente, los acogía risueñamente.

Todos por turno pedían la bendición, y todos por turno recibían un regalo idéntico que consistía en tres cosas: un peso fuerte (plata blanca), una docena de divisas coloradas y una litografía con el retrato de Quiroga, cuyas proporciones se contenían en una hoja, como un pliego de papel de oficio abierto.

Al dar esto último, Rozas decía (se lo decía a cada uno): "Tome ese retrato, sobrino; es de un amigo que los salvajes unitarios dicen que yo he mandado matar (Rozas no tuteaba generalmente sino a persona muy amada o cuando reprendía a ciertos subalternos o personas de su servidumbre)".

¿Cuál era, cuál podía ser el propósito de Rozas, tan sistemático en todo, en lo chico y en lo grande, en lo público y en lo privado, al proceder así?

Por muy complicada que sea la naturaleza humana, hay siempre algo como un hilo de Ariadna, que entrando en ella nos permite salir del laberinto con más o menos dificultad.

Volvemos aquí sobre lo tantas veces repetido: nuestro deber de ser imparciales, sinceros. Hasta el fin estaremos en guardia contra toda idea preconcebida. Creemos hallarnos en mejor situación moral que otros, siempre que en ese terreno pretendamos colocarnos. No desconocemos sin embargo el escollo. Es colosal para algunos. Lo ha sido para Taine entre los modernos que en él han dado; lo fue para Hume; lo ha sido para Thiers; lo es para Mommsen.

Esa expresión, en efecto, –se ha observado por la crítica– si bien toma en el lenguaje familiar cierto significado estando al sentido estricto de la palabra, resulta, que aquel que pretende ser absolutamente imparcial no dice la verdad.

Los romanos, por ejemplo, que fueron "bárbaros" para los griegos, tomando de ellos la expresión la aplicaban a todos los pueblos excepto a ellos mismos y a los que los civilizaron, los griegos. Y en América, en lo que ahora es la Argentina, y más allá, "maturrango" o "chapetón" y "godo" se decía al español, y eran ellos, los españoles, los godos, los que al criollo le habían enseñado a andar a caballo y lo poco o mucho que sabía, implicando con ambas expresiones *chapetón y godo,* no diestro jinete y bárbaro.

Así, pues, cuando acusamos juzgando, o cuando absolvemos, en historia, en política, en literatura, lo primero que debiéramos preguntarnos es precisamente lo que nos hacemos, esto: "¿tendremos que habérnosla con enemigos invisibles y desconocidos, que siguiéndonos a cada paso se nos presentarán cuando menos los esperemos" Es decir "¿es posible descartarnos de nuestro contenido empírico, por ejemplo, dar uno vuelta su cuerpo al revés?" La respuesta es: "sólo podemos reemplazar un contenido por otro; de donde resulta el deber de aclarar por completo el primero y examinar a fondo todos los medios en virtud de los cuales se ha llegada a tal o cual opinión.

"He conocido, dice d'Ervieux, una rusa de cara chata como son las *babás* (mujeres de los *mujiks*) que, con toda sinceridad, confesaba amar cien veces más a su perro que a su padre... La he visto sufrir, desolarse, llorar días y noches enteras, al recibir una carta anunciándole que su animal favorito estaba enfermo. Cuando le manifesté mi indignación al verle desear la muerte del autor de sus días, como compensación a la mala suerte que quería arrancarle aquel animal adorado... apenas comprendió mi sentimiento".

Nosotros, al leer esta página del autor de los *Renacimientos del alma* escribimos al margen con lápiz rojo: Me escriben de Buenos Aires que mi perro "Júpiter" ha muerto (un danés enorme que siendo bravísimo, acabó manso, por no haber conocido hembra; era un estudio), y que mi sirviente José Peña, un gallego honrado, seguro y fiel como estas tres virtudes, había lamentado tanto su pérdida que al comunicarla la mala nueva a mi secretario le dijo: "C... no lloré tanto a mi padre como a este animal".

Rozas no tenía preferencia sino por un solo animal: "el caballo", quizá por lo que de él dice el célebre Loyal: "es menester partir de este principio: que el caballo es el animal más bruto de la tierra; sólo tiene esta facultad: la memoria. Hay entonces que enseñarle los ejercicios con el látigo; después, cuando se le han metido en la cabeza, latiguearlo si resiste, darle zanahorias cuando obedece. Látigo y zanahoria son los dos polos del maestro *(dresseur)* ".

Contestando a las interrogaciones de más arriba, decimos. El propósito podía responder a diversos movimientos del alma. Metafísicamente ningún acto es simple; egoísmo o altruismo, extremos de la sensibilidad, implican dos entidades que han de padecer, el que recibe y el que da, el que defrauda y el defraudado. Hasta el santo que macera su carne flagelándola experimenta en su beatitud la fruición del dolor. Rozas amando los niños –¿por qué no podría haberlos amado?– experimentaba sin duda un goce cuando los complacía poniendo en sus manos objetos preciosos por decirlo así. Si era egoísta el que daba, la emoción producida por el esfuerzo era una satisfacción. Si era el altruista, la emoción consistía en ver la complacencia producida. Y en una y en otra hipótesis podían entrar como elementos concomitantes vagamente: el deseo de hacerse querer, la mira de fascinar, la protesta contra una acusación inmerecida, calumniosa de sus "contrarios", como él llama a sus enemigos.

Estos caudillos argentinos, hasta los más burdos, han conocido a fondo la naturaleza humana, teniendo en ciertos momentos admirables intuiciones.

Referiremos una de Urquiza.

Un hombre de talento distinguidísimo se había enlazado en su familia. Eran pocos sus recursos materiales, aunque su capital intelectual fuera considerable. La mujer lo inducía a que le manifestara sus circunstancias al pariente. El se resistía. "Recuérdale, le decía, los servicios que le prestaste en el Paraguay, servicios que él mismo te dijo que no los olvidaría jamás, recompensándotelos".

Triunfó la mujer, como casi siempre, en esta y en otras cosas.

Estaban en la gran estancia de San José. Urquiza no cultivaba él mismo su huerto, pero cuidaba su jardín. Pasear por él era un privilegio; su avaricia en materia de flores y frutas era proverbial. El hombre necesitado entró decidido a abordar al caudillo. Verlo y turbarse fue todo uno...

Urquiza leyó en sus ojos. Llevaba un hermoso durazno en la mano, y dándoselo, le dijo: "Tome, amigo; yo no me olvido nunca de los servicios que usted me prestó en el Paraguay".

Este episodio vale la pena de ser referido someramente. Tenía el Paraguay con los Estados Unidos lo que se ha llamado la cuestión del *Water Witch*. Urquiza quería ganarse a López para hacer de él su aliado contra Buenos Aires. Un día, sin permiso del Congreso, se embarcó en el *Salto de Guaira,* vapor paraguayo, con su séquito militar y el doctor don Benjamín Victorica como secretario. Llegó a la Asunción en la noche del 14 de enero, ofreció su mediación, los yankees aceptaron y en pocos días se celebró una convención. En tal virtud López pagaría una indemnización si los árbitros que se nombraran en Washington hallaban fundadas las reclamaciones de los Estados Unidos.

Digamos de paso que lo que se reclamaba era una enormidad. La diplomacia paraguaya salió airosa, pues con una bicoca, con relación a las pretensiones yankees, el asunto quedó concluido. Poderoso ca-

ballero es don Dinero, algunas veces, cuando se trata de hacer justicia.

Un hombre *intérlope,* de buenos sentimientos, apresurémonos a
decirlo, buscaba en América lo que tanto otros por el resto del mundo, cómo ganar algo sin ofender mayormente la moral. Era italiano;
su hermano, un celebérrimo tenor, favorito de una testa coronada.
Obtuvo aquél de nosotros una carta de introducción para el hijo menor de López, Benigno, nuestro amigo. Llegó a la Asunción, hablé y
en dos palabras arregló esto: él influiría en el ánimo de uno de los árbitros; para ello iría a Washington, llevando cartas que su hermano
le obtendría (los árbitros debían ser miembros del cuerpo diplomático). Si el fallo era favorable a los intereses paraguayos tendría tantos
miles de pesos fuertes como comisión. Lo fue y la comisión se pagó
religiosamente...

Pero volvamos a los sobrinos de Rozas, que todos los sábados salían de casa de éste más contentos que el personaje de los servicios en
el Paraguay y del jardín de Urquiza.

La plata blanca la cambiaban por papel–moneda corriente, lo que
era un placer. Es inexplicable la inclinación que tiene el hombre al
cambiar una moneda por otra, de donde resulta que la mala desalo-
ja a la buena.

Las divisas servían para empaquetarse 15 al día siguiente, domingo, luciéndose con lo nuevo.

El retrato de Quiroga para adornar las paredes, en unos tiempos
en los que no abundaban mucho las estampas.

Y aquellas tres prendas que producían efectos inmediatos tenían
que producirlos mediatos: amor por el tío, persuasión y convencimiento de que él no había mandado matar a Quiroga.

Así es el hombre y así va andando en derechura al sepulcro, creyendo, dudando, negando, hasta que el ciclo se cierra y se vuelve por
regla general al punto de partida consolador.

Estábamos en el período afligente de la duda. La crisis del espíritu era cruel. Queríamos tener una conciencia hecha sobre todo, no
arribábamos...

Revolviendo un día papeles del general Mansilla (cuñado de Rozas), los pocos que se salvaron de un *auto de fe* por su esposa, dimos con un legajo que tenía este rótulo: "Muy importante para la vida del general Mansilla y para la historia". (Esa historia sobre la que el señor don Domingo de Oro no quería escribir cosa alguna, alegándonos: "He visto tanto lodo, que para qué legarle más inmundicia a la posteridad").

Entre esos papeles, unos decían: "Intrigas de don Juan Manuel". Eran las pruebas de que Rozas siempre trató de que Mansilla y Urquiza se tuvieran recelo, estando aquél al frente de una división al norte de Buenos Aires. Rozas ponía así en práctica la máxima: divide y reinarás.

Los otros papeles eran cartas de Santa Fe, donde Mansilla tenía amigos. Una de ellas contiene esta nota: "No fue él (Rozas)". La carta era un anónimo, en estos términos, disfrazada la letra (conservamos la ortografía):

"Sor Dn Lucio Mansilla.
San TaFe, octubre 4 de 1837.
"Mi querido Lucio. Por esta esta está mui sabido que tu marchas para Tucumán de General de reserba y que debes quedar de Gobernador en ausensia de Heredia, por lo que está el gobernador Lopes dado al demonio, y dice que si pensaras haser las que isistes con Ramires en Entrerrios o que si te habras olvidado de las picardías que en ese tiempo le hicistes o que si te as creido que porque cuando estuvo en esa te hablaba con agrado al ver tu poca verguenza que te hequivocas porque está dispuesto a que siga otro Barrancayaco ya que don Juan Manuel comete la inpolitica sabiendo las cosas de nombrarte y que Heredia le habia escrito disiendole que lo habian comprometido a que admitiese tu nombramiento y que se lo habían ganado al coronel Paz; tanbien ha dicho que un cacique de toda su confianza debe salirte con 150 indios ha aser lo que se hizo con Quiroga pero que a el no lo habian de amolar por barbaro porque habia de decir con tiempo que andaban indios. Soi tu amigo mira lo que haces te rre-

pito, Barrancayo ¡pobre Quiroga¡"

Ahora bien; en aquellos años infantiles nuestra imaginación creando esta imagen "Quiroga asesinado", percibía, dada la formal y constante denegación de Rozas, que él no era el autor del crimen. Nuestra imaginación producía, pues, dos realidades, según la fórmula de Fichte.

Más adelante, hombres hechos y derechos, tras de la verdad, produciendo fenómenos de memoria, hemos reproducido aquel mismo cuadro, la misma imagen; y después de haber leído y oído a unos y otros hemos arribado, parafraseando a Rosas, a exclamar: dicen que él ordenó el asesinato de Quiroga, ¿lo han probado?

Esa carta anónima ha venido a fortalecer y confirmar nuestras impresiones de la infancia y a desvanecer nuestras dudas posteriores.

Como consecuencia de ello nos hemos preguntado: ¿qué interés podía tener Rozas en hacer desaparecer a un caudillo que no lo era del Litoral; López no había intentado extender su influencia hasta Córdoba y más allá? Si Quiroga no se mezclaba en las cosas locales de Buenos Aires, y López sí se mezclaba, ¿qué interés podía tener Rozas, lo repetimos, en mandar matar a su amigo? y decimos amigo, porque la familia de Quiroga, familia interesante, que vivía en Buenos Aires, era íntima de la familia de Rozas; continuó siéndolo después de la caída de éste, lo que prueba que en la familia de la víctima no se creía en la imputación unitaria.

¿Pero quién fue entonces el autor del asesinato –prescindimos de los instrumentos–, de ese caudillo, cuya vida real, verdadera, estudiada sin pasión ni encono, puede ser un tema lleno de interés dramático? Porque lo repetimos, el Quiroga de Sarmiento es un Quiroga a lo Alejandro Dumas convirtiendo la historia en leyenda. Quiroga no podía ser una naturaleza tan primitiva, ni tan feroz, sin resortes humanos. Tres anécdotas positivas lo prueban, ¡y cuántas otras no tenemos!

El mismo día en que derrotó a La Madrid a las puertas de Tucumán, se presentó en casa de la esposa de éste, donde encontró a toda la familia llorando a gritos. Quiroga, dirigiéndose a la señora de La Madrid, la dijo: "No llore usted; no es el tigre como lo pintan. En la puerta de su casa hay un carruaje, una pequeña escolta y aquí está este dinero, váyase usted a encontrar a su marido, que derrotado huye en dirección a Salta. Cuando usted lo alcance le dirá: que así se debe tratar a las mujeres de los enemigos, que ellas no tienen la culpa de los caprichos de sus maridos". (Quiroga aludía a los malos tratamientos con familias de su partido).

Y teniendo prisionero a Barcala, coronel que mandaba la artillería, lo hizo venir a su presencia y le preguntó: "Coronel, ¿qué habría usted hecho si me hubiera tomado prisionero? –Lo que mi jefe me hubiera ordenado. –¿Y si fusilarme? –Lo habría ejecutado. –Muy bien coronel, usted es todo un soldado; está usted en libertad. Mas no vaya a Mendoza, porque el Fraile (Aldao) lo fusilará..."

Barcala no siguió el consejo de Quiroga y el Fraile lo fusiló.

En Tucumán, también, habiendo impuesto Quiroga contribuciones muy fuertes (pena de la vida) un español, López, no teniendo suficiente dinero puso en un cofre toda la plata labrada y alhajas de su familia, y él mismo, acompañado de un peón, se fue a llevarla al cuartel. Al entrar se encontró con un militar y le dijo: "Dígale a Quiroga, ¡ajo! que aquí le traigo la contribución. –¿Por qué no le habla usted mismo? –Yo, ni verlo quiero... es un... joda... que nos viene a quitar nuestros ahorros". En ese momento aparece otro oficial, y López comprende que habla con Quiroga. Este, entonces, le observa: –"¿Y ahora qué dice? –General, lo dicho, dicho. –Bueno, amigo, repuso Quiroga, llévese su cofre; usted es un hombre".

Volviendo a lo principal, por más que se insista en achacarle a Rozas lo que no hizo, como si no bastara lo que hizo, o lo que consintió o no evitó que se hiciera, sostenemos que las tinieblas cubren, hasta este momento, el trágico suceso de Barrancayaco.

Marmontel refiere en sus *Memorias,* que J. J. Rousseau, habiendo ido a visitar a Diderot, preso en Vincennes por una de sus tantas mercuriales, le anunció su designio de sostener ante la Academia de Dijón, esta tesis: "Las costumbres han ganado con los progresos de la civilización". A lo cual Diderot observó: "Vaya una, ¡eso lo puede hacer cualquier asno; es menester sostener lo contrario si se quiere decir algo nuevo". Rousseau siguió la opinión de Diderot, y lo demás es sabido.

Siendo moneda corriente que los tiranos manden matar a los que estorban y a los que no hacen mal a nadie, porque o está en su índole o necesitan intimidar, nosotros, yendo contra la corriente, si es que hay sólo una, afirmamos nuestra persuasión de que Rozas no mandó asesinar a Quiroga.

¿Y entonces?

También se dice, que Lavalle murió peleando en Jujuy, mas hay una versión muy pálida que dice: "¿quién es ella?".

Poco a poco se han de ir dando a luz papeles extraviados o en que nadie reparó; las *Memorias,* tan ilustrativas a pesar de sus indiscreciones y cierta parcialidad, han de aparecer; los mismos interesados se han de denunciar, como Rozas con la carta comentada; y con cada sol ha de brillar una nueva verdad, así cono día a día la ciencia nos beneficia con algún descubrimiento nuevo. Todo preexiste. Hay que sacarlo de los limbos. Lo que se necesita es que los que nos siguen en la carrera no se cansen de inquirir y que no los arredre el temor de errar. También los falsos derroteros son útiles. Colón buscaba un paso a las Indias Orientales; descubrió nuestra América, otro mundo. No por eso deja de ser glorificado.

Capítulo XVIII

Propaganda de los unitarios contraria a los derechos territoriales argentinos. Su lenguaje era explícito. Las Tablas de sangre. – Exageración de sus cifras. – Mr. Thiers en la tribuna francesa. –Llama brigand a Rozas y a Buenos Aires república. – Lenguaje federal parlamentario. – La lealtad de partido. – Sentimientos que inspiraron la Marsellesa. – No se atenúan responsabilidades. – Una verdad del doctor don Lorenzo Torres. – Rozas había pensado ausentarse del país. – ¿Cuál habría sido el rumbo de las cosas? – Las almas se han transformado. – El progreso, integralidad de los individuos.

La propaganda contra Rozas era cada vez más activa y virulenta. Y la exaltación de partido la convertía en prédica contra los derechos territoriales argentinos, y la fuerza de resistencia de la tiranía cada vez era mayor.

Buscando la intervención extranjera, los unitarios caían en el mismo error de todos los emigrados; confundían su causa con la causa nacional. Sus diarios, sus panfletos, sus libros, traducidos *ad hoc,* circulaban profusamente fuera del país; algunos de ellos eran puestos en manos de los estadistas europeos. El Brasil, su cancillería, diestra por herencia, ayudaba por instinto, por tradición y por reflexión.

Rozas se defendía con su *Gaceta Mercantil* y con el *Archivo Americano* escrito en varias lenguas.

"Una guerra inevitable con la República del Paraguay", escribían. (República, ¿reconocida por quién en aquel entonces? Por quien se quiera, menos por la Argentina).

¡Y qué República! Una mentira en las palabras, y una mentira en el hecho.

Agregaba: "otra guerra preparada con el Imperio del Brasil".

Y alardeando de alta imparcialidad.

"Escritores independientes, decimos la verdad como la concebimos a la luz de la historia y a la luz de nuestra razón".

Y esa razón los hacía discurrir de aquella manera:

"Entendemos que los poderes europeos se han exagerado sus propias fuerzas; que no las han calculado con relación a las distancias y a las localidades, que en el Río de la Plata puede darse un estado de cosas, en que esas fuerzas sean ineficaces en que vendrán a ser una cuestión de difícil solución para los gabinetes europeos si les convenía más renunciar a los mercados del Río de la Plata y sus tributarios o abrírselos por las armas ("por las armas" *nota bene*) en que el primer extremo de esta cuestión podía parecerles el más aceptable".

No se podía incitar de una manera más inequívoca. Esto era peor que las armas dadas a los federales por Rivadavia, celebrando tratados "a perpetuidad" con potencias europeas, en lo cual se apartaba de la regla seguida por los demás Estados americanos.

Y como a cada paso la contradicción o la falta de lógica se ha de presentar en unos u otros, si los unitarios escribían como se acaba de ver, unitario era el que había hecho esta declaración, que más bien parece, por lo altisonante, de Rozas y no de Rivadavia: "El Gobierno de Buenos Aires no acogerá ninguna comunicación diplomática o comercial de parte de negociadores que se presentaren a mano armada o sin las formalidades exigidas por el derecho de gentes".

Para que no quedara duda, continuaban aquéllos:

"Si recurre a los bloqueos no obtendrá sino resultados negativos, y se encontrará en la imposibilidad de mantenerlos. El solo bloqueo del litoral argentino que la Francia no pudo hacer totalmente, le habría sido del todo impracticable e inútil sin la alianza del Estado Oriental y de la emigración argentina".

Y volviendo al Paraguay: "El Paraguay no podrá, por sí solo, forzar el Paraná, único camino que Dios le ha abierto para ponerse en relación directa con el mundo".

Por otra parte, las *Tablas de sangre de la, administración de Rozas* que Rivera Indarte publicaba en Montevideo, ("y que tanta impresión han producido en Europa", esas *Tablas* fueron puestas en manos adecuadas), hacían constar:

Envenenados... 4

Degollados... 3.765

Fusilados... 1.393

Asesinados... 722

Muertos en acciones de armas... 14.920

Muertos según cálculo muy bajo en escaramuzas, persecuciones, etc., etc., (añadía el ex–colaborador de Mariño en la *Gaceta Mercantil* de Rozas)....1.600

Total... 22.404

No agregamos a esta cifra la que corresponde a los 14.920 muertos en acciones de guerra; es decir, los heridos muertos después inevitablemente y en proporciones afligentes, siendo sabido lo que se necesita de heridos para que haya un muerto.

Pero atenta la población del país en el momento en que las susodichas *Tablas* se formulaban, el resultado es inverosímil.

Sea de ello lo que fuere, y ya se trate solamente de las víctimas de Rozas, de 1829 a 1843, puesto que las *Tablas* no se refieren a los que sus enemigos mataron defendiéndose, el hecho es que la propaganda sistemática de los unitarios, tan sistemática como la de Rozas, arrancó en la tribuna más alta del mundo entonces, estas palabras de Thiers:

"Il n'y a personne qui ne soit indignée, dans la République de Buenos–Ayres (!), contre Rozas, contre ce BRIGAND; je lui donne ce non et vous allez voir qu'il n'en merite pas un autre".

(M. Thiers, séance de la Chambre des Députés du vendredi 31 mai 1844).

Los hombres buenos que servían a Rozas para qué nombrarlos; sus nombres figuran entre los de las mejores familias del país; no hay más que leer para cerciorarse de ello la lista de los miembros de la Legislatura, Juzgados, Tribunales y hasta la de la Sociedad popular de

Salomón; esos hombres atacados de *americanismo* no le iban en zaga a Thiers (que ni el nombre de la república empleaba correctamente, dando así en parte la medida de su inconsciencia sobre la realidad de las cosas), y en sus discursos parlamentarios los más moderados exclamaban:

"¿Qué nos importa que no nos venga nada de Europa? Si no tenemos sillas de madera en que sentarnos, nos sentaremos 'en cabezas de vaca'".(Aplausos) .

Cuando en política nacional o internacional se suscita una cuestión, no estriba la dificultad en la filiación de los antecedentes sino en sus consecuencias. Es y será eternamente verdad, mientras los hombres no dejen de serlo, que "la lealtad de partido ha llegado a ser una virtud fingida a la que se le sacrifica la virtud real de la veracidad".

Y esto aunque no intervengan ciertas pasiones o intereses. Lo que distingue al hombre de la bestia es que somos un animal impostor.

Se comprende perfectamente que los perseguidos, sin patria ni hogar, empobrecidos por las confiscaciones, buscaran en el extranjero de cualquier origen los medios de derrocar al tirano (¿no se aliaron con el extranjero los Borbones para derrocar "al aventurero"?). Pero si esto se comprende, hay que comprender también la resistencia de sus adversarios.

¿En qué otro sentimiento se ha inspirado la Marsellesa?

El grito de *aux armes citoyens! formez –vos bataillons!* ¿a qué incitaba? ¿Era para marchar contra franceses? No. Era para marchar a la frontera amenazada por el extranjero.

No atenuamos responsabilidades, no. Si crimen era el de Rozas tiranizando, ¿cómo se llama la acción de los emigrados recurriendo al extranjero para derrocarlo?

Lo repetimos: no atenuamos responsabilidades; explicamos fenómenos, aberraciones del patriotismo.

Y es así como resulta inteligible esta peroración del doctor don Lorenzo Torres:

"Ellos, sí, señores; extranjeros son los que entre nosotros han creado este odio a la generalidad de los extranjeros que va extendiéndose".

Y agregaba: "Ellos, que viven mejor que nosotros", en lo que evidentemente tenía razón entonces (aun ahora mismo eso podría ser verdad, ¡si se dijera que el hijo del país no tiene cónsul!)

Si cuando Rozas se refugió en Santa Fe obteniendo que don Estanislao López se hiciera campeón de su causa; si Rozas, en vez de persuadir al caudillo hubiera fracasado, Lavalle probablemente le habría dado el pasaporte que ya antes le había pedido diciendo "que quería irse a los Estados Unidos, a cualquier parte".

Y probablemente también, una vez fuera del país, habría conspirado aliándose ¿con quién? Con el diablo.

El rumbo de las cosas habría cambiado; otra habría sido la orientación y la suerte del país; pero, a no dudarlo, si un extranjero cualquiera le hubiera prestado apoyo material o moral, directo o indirecto, con más o menos variantes, el lenguaje de los unitarios habría sido el de los federales.

La patria no estaba hecha ni física ni moralmente; y lo que ahora es inconcebible, en el estado prístino se concebía.

Si mañana (¡no lo permita el cielo!) nos dividimos por cualquier motivo y empuñamos de nuevo los aceros fratricidas, el partido que solicite o acepte el concurso del extranjero, americano o europeo, de antemano está vencido.

Los tiempos son otros; las ideas, los sentimientos, las almas se han transformado, y el patriotismo, haciéndose más intenso, se ha hecho a la vez –es el *processus psicologico* – convicción más fuerte y por ende más racional, más humana; de ahí lo que reza para los extranjeros el preámbulo de la Constitución Nacional.

El progreso; esa aproximación gradual de la integralidad de los individuos, que ensancha los límites del país, que suprime la Pampa india, que la convierte en emporio de riqueza, en porvenir fecundo, que suprime las distancias, que tiende redes ferrocarrileras y telegráficas, eleva las almas, funde los corazones, les amansa, los unifica, y el himno es de concordia y de paz, de bienvenida y de libertad para todos dentro de una Patria *una,* cuyas fronteras son sagradas.

Y como el decreto de 1810 habría podido decir ni ebrio ni dormido se le debe ocurrir a un argentino que el extranjero tenga que hacer en sus asuntos domésticos.

Patria vale decir el hogar intangible de la nacionalidad.

Capítulo XIX

Patriotismo: qué significaba según el concepto moderno. – Es un crimen que los partidos políticos se alíen con el extranjero. – Hay una ley moral para las naciones. – Esa ley rige los partidos. – Los hechos como prueba del error cometido. – La tiranía se consolidaba. – El extranjero consulta sus intereses. – Una objeción. – Rozas no estaba fuera de la ley de las naciones. – Actitud del Brasil. – Se alía francamente con Urquiza. – La tiranía es planta parásita. – Urquiza punto de mira. – Páginas del Relatorio de Negocios extranjeros del Brasil. – Urquiza desde 1848 estaba "prometido". – Era el hombre de los emigrados. – ¡Qué les importaban los antecedentes! – Hay que ponerse en su caso.

Patriotismo, según el concepto moderno, significa la pasión que cada cual siente dentro de sí mismo, y a su manera, por su país, por la tierra donde ha nacido, o por el estado a que pertenece como ciudadano, anhelando y persiguiendo por todos los medios su mayor bien.

En este sentido los emigrados, los unitarios que hostilizaban a Rozas, no pueden ser tildados de antipatriotas.

Pero ¿acaso esto arguye que no cometieran un crimen en la más lata acepción de la palabra (es más que un crimen, decía Talleyrand, es una falta), yendo a buscar al extranjero, como una fuerza concordante para derrocarlo, y a un extranjero europeo?

Ni la fuerza a prima sobre el derecho, ni el fin justifica los medios, ni es bueno, ni moral todo lo que sale bien coronado por el éxito. Sostener lo contrario sería afirmar que no hay una ley moral.

Siendo, por consiguiente, la moral de nuestros tiempos, que en política debe uno estar siempre del lado de su patria, condena *a priori* la manera de proceder, la actuación revolucionaria del partido unitario respecto de Rozas, al aunarse en consorcio hostil con el extranjero que debatía contra él negocios de mayor o menor trascendencia para el país en general.

Que esa política era errada los hechos lo han probado; cimentaba y prolongaba la dictadura, el gobierno irresponsable de un solo hombre: la tiranía. Y lo consolidaba y lo hacía más duradero, porque lo armaba a cada nueva intervención de una preponderancia mayor, desde que no es una preocupación local sino universal que el extranjero no persigue, en primera línea, el bien del país donde interviene sino el suyo propio, y aunque excepcionalmente las consecuencias puedan responder a las exigencias de lo que la civilización entiende por felicidad del género humano.

Se objetará que la Patria, como ideal realizado, no existe allí donde han desaparecido todas las garantías sociales, donde la vida, la propiedad y el honor mismo de todos los hombres están a la merced de uno solo. Hay aquí que observar dos cosas primordiales: ni Rozas estaba solo —la mayoría aparente del país estaba de su lado, como se verá al pronunciarse Urquiza contra él—, ni el país ni su gobierno estaban fuera de la ley de las naciones.

¿La prueba?

Que todas ellas trataban con Rozas de potencia a potencia, por más que M. Thiers dijera en la tribuna francesa: "Rozas es un bandido".

Tiene, sin embargo, color de legitimidad la acción del Imperio del Brasil cuando Caseros. Rozas era su enemigo, no era ajeno a las tendencias republicanas del Sur ni aun a las del Norte, puesto que hasta los pernambucanos tuvieron tocamientos con él. El Brasil sostenía, además, que atentaba contra la independencia del Estado Oriental. Los emigrados argentinos y los orientales afines con ellos, siendo enemigos de Oribe, lo mismo afirmaban.

Por otra parte, el Brasil no intervino: se alió franca y abiertamente concurriendo con tropas y dinero a la rebelión de Urquiza, el traidor.

¿Traidor a quién?

A Rozas.

Sin esa traición Rozas no cae, se ha dicho. ¡Quién lo sabe! La tiranía es planta parásita; vive de los excesos y por ellos muere.

Sea de esto lo que fuere, el hecho es que después de 1845, a raíz de la intervención anglofrancesa, intervención que sacó de cierta somnolencia apática al litoral, a entre Ríos y Corrientes, sobre todo, provincias con tendencias separatistas, por razones geográficas y atavismos de caudillaje, el hecho es, decíamos, que a contar desde aquel momento histórico, Urquiza, lugarteniente de Rozas, fue el punto de mira de los emigrados y del Brasil.

La Europa estaba harta. En Inglaterra y en Francia habían comenzado a ver en Rozas un elemento conservador. ¡Cómo resistía si no a tantos embates!

¿Se quiere una prueba más convincente de lo que venimos afirmando: que la intervención extranjera en vez de precipitar la caída de Rozas lo hacía más fuerte, encarnándolo más y más hondamente en las preocupaciones populares?

Léase lo que dice un documento oficial, irrecusable, el *Relatorio de la Repartición de Negocios extranjeros* de 1848 y 1852 del Imperio del Brasil.

Todo esto lo había sugerido un hombre habilísimo, que más de una vez burló la vigilancia del general don Tomás Guido, ministro plenipotenciario de Rozas en Río de Janeiro. Nos referimos a un oriental, uno de esos espíritus intrincados que no van más lejos porque se enredan en sus propias complicaciones; siendo su vida una verdadera tela de Penélope.

"Si el gobernador de Buenos Aires respondiese con la guerra a las pacíficas y regulares exigencias del Brasil para conservar la integridad del pacto de 1828, eso sólo probaría que esa guerra es inevitable, y que habría sido locura sacrificar, queriendo evitarla, elementos poderosísimos, y que por el contrario, se haría para el Brasil una guerra nacional, altamente nacional que reconcentraría la opinión de los brasileros, elevaría su espíritu y brío sobre las divergencias internas y la exageración de las ideas [16]. Montevideo, asegurado de subsidios, era inexpugnable para Rozas; esto era evidente. Montevideo libre de su poder, toda la bóveda elevada en diez años venía abajo, por falta de coronación. Rozas no podía retroceder ni avanzar y aquel sitio era un jaque–mate. Los elementos argentinos debían completar la obra. –¿Quién los encabezará?, le preguntaban, –Urquiza.

"Pero Urquiza es su más fuerte apoyo. –Esa es la razón. Rozas ha venido absorbiendo las provincias y desarmándolas. Las necesidades de la lucha de Montevideo lo han forzado a poner las armas y el poder en manos de Urquiza, que ha dado batallas y creándose un ejército suyo, de este lado de los ríos. Urquiza es lo único que no ha avasallado; luego, el día que Rozas quiera terminar la obra de la centralización, habrá pugna entre los dos caudillos.

"En nota de la Legación oriental al gobierno del Emperador de 18 de abril de 1846, ya se le decía. Los elementos que hoy tienen ambas repúblicas, y que si Rozas los absorbiese, se tornarían irresistibles, están para sostener la política que aconsejo, a disposición del Brasil. Están para robustecerla, los cansados habitantes del Estado Oriental, las cenizas, aun humeantes, de la revolución argentina, que Rozas, en lugar de extinguir, alimenta con la sangre de los vencidos, que alevosa y cruelmente derrama sobre ellas. ¿Y por qué no decirlo? El *general Urquiza,* visiblemente desavenido con la supremacía del gobernador de Buenos Aires, está, sin duda, a punto de separársele, y lo tuvieran ya separado si la intervención europea se hubiese mostrado eficaz [17].

"Así, pues, Urquiza, estaba prometido al Brasil por la diplomacia de Montevideo desde 1848, en notas oficiales, como un aliado seguro, inevitable por la misma razón que su nombre figuraba en la prensa de Chile casi desde entonces como el reivindicador de los derechos oprimidos de los pueblos, mucho antes de que él tuviese conciencia clara de su situación, aunque no le faltasen instintos vagos y previsiones de conservación y de engrandecimiento".

16   25 de avril de 1848. Relatorio da Repartição dos Negocios Estrangeiros, 1852.
17   Relatorio da Repartição dos Negocios estrangeiros, 1852.

Urquiza era, pues, desde 1848 el hombre de los emigrados; nadie, sin embargo, los había flagelado, como él. Implacable, había mandado hacer, había visto hacer y había hecho su propia mano: porque en cuerpo y alma era un hombre de acción.

El instrumento de Rozas se volvía, contra él. Lo pasado pisado, pensaban encogiéndose de hombros los emigrados. Su retrato, pintado con colores execrables tantas veces cuantas su lanza terrible los había acuchillado sin piedad, esfumando sobre el prototipo del tirano con maestría artística se desvanecía ante la sola idea de volver a aspirar el aire vital de la patria; y si bien no puede decirse "perdonadlos, señor, que no saben lo que hacen", hay que ponerse en su lugar y preguntarse: ¿cuál de vosotros no habría hecho lo mismo?

Une immense espérance a traversé la terre!

El 3 de febrero se acerca.

Pero todo lo que va a venir, "todos esos hechos tan diversos, como diría Carlyle, son solidarios, no siendo sino fases de una misma y única crisis", que no terminará sino algunos años después –no podía ser de otro modo–, siendo la crisis de la libertad definitiva del pueblo argentino.

Capítulo XX

Rozas vuelve a presentar su renuncia. – No se la aceptan. – Actitud de Entre Ríos. – De pillo a pillo. – Nueva divisa de exterminio. – Corrientes se alza. – El país dividido. – Redención. – Urquiza no vacila; su marcha triunfal. – La cruzada era contra Rozas solamente – Exito de Urquiza. – Capitulación de Oribe. – Augurios fatales para Rozas. – Se prepara para resistir la invasión. – Su plan no es militar; no oye consejos de peritos. – Inacción de Rozas. – ¿Qué probaba Rozas con esa actitud? – Inquietud paralela. – ¿De qué provenía? – Síntomas. – El vocabulario reflejo de lo íntimo.

Como tantas otras veces, en 1851 Rozas renunció al mando, fundándose en razones de salud. Padecía de mal de piedra, lo cual sea dicho de paso, debía agriar no poco su carácter. Parece que es un mal terrible. Juan Jacobo Rousseau dice, más o menos, en alguna parte: tanto que había hablado yo de los sufrimientos morales, ahora que sufro de la piedra reconozco que los dolores del cuerpo son menos soportables que los del alma.

La Legislatura, según su costumbre, no sólo no aceptó la renuncia de Rozas, sino que le rogó que continuara sacrificándose por la patria y la santa causa americana. Las provincias rimaron en el mismo tono, y Rozas dijo: bien, continuaré sacrificándome.

Entre Ríos, sin embargo, que como ya se ha visto cojeaba mal desde 1848, contestó por el órgano de su caudillo Urquiza: "Considerando, que reiterar cerca del general Rozas las instancias hechas anteriormente para que permanezca en su puesto, es no tener consideración por su salud debilitada, y que a la vez es contribuir a la ruina de los intereses nacionales, que él mismo confiesa no poder atender con la actividad que exigen (citamos de memoria; pero palabra más o menos eso dice el manifiesto de 1° de mayo), etc., etc.".

Como se ve, los caudillos se iban de pillo a pillo, valiéndonos de la expresión vulgar. Y para que no quedara duda a los que anhelando, debían no obstante ver claro para no ser víctimas de ilusiones anticipadas, Urquiza mandó abolir la divisa: ¡Mueran los unitarios! sustituyéndola con esta otra: *¡Mueran* los enemigos de la organización nacional!

Siempre los "mueras" de costumbre.

La consecuencia de este acto de energía, preparado por los emigrados, que habían visto en Urquiza una áncora de salvación, fue que Corrientes también se alzó.

Quedó, pues, desde ese momento el país dividido en dos secciones: el litoral Santafecino y Buenos Aires con las provincias conterráneas del lado de Rozas, con sus mandones tradicionales; y lo que se ha llamado la Mesopotamia argentina con Urquiza al frente.

Aparte de lo que la política de los emigrados había sembrado, aquella rebelión respondía a tendencias viejas de segregación. La geografía suele conspirar en este sentido contra la unidad nacional.

Urquiza, hombre de acción por excelencia, infamado por un doble sentimiento más o menos definido en su alma: la redención del pueblo y la suya propia (en este orden de ideas los emigrados fueron de una destreza eximia), no vaciló un instante; marchó sobre Oribe que sitiaba hacia años a Montevideo, atacándolo por la espalda con cuatro mil hombres selectos. En la banda oriental tenía aliados naturales. El general oriental Garzón, antiguo federal, amigo de Urquiza, lo secundaba, y al efecto, con un núcleo de buenas tropas, fue a sentar sus reales en Paysandú. De otro lado catorce mil brasileños de las tres armas, y dinero, cooperaban, bajo la dirección superior de Urquiza, y el general Virasoro, representando a Corrientes, donde tenía prestigio, cubría, las aguas del Paraná; la escuadra brasileña interceptaba todo tránsito por el Paraná, el Uruguay y el río de la Plata.

¿Y al hacer esas operaciones de guerra, Urquiza con una habilidad política que no le iba en zaga a su plan de hombre de guerra, hacía saber *urbi et orbe,* dirigiéndose a los federales, partidarios de Rozas, que la guerra no era contra ellos sino contra la persona de aquél, que ya pesaba demasiado sobre sus conciudadanos.

La acción de Urquiza fue eléctrica en todos sentidos; y si alguna vez ha sido verdad que en la guerra el éxito es cálculo, el triunfo de Urquiza lo probó gloriosamente para sus armas en esta ocasión.

Y decimos en todos sentidos, porque las lanzas iban precedidas de emisarios bien aleccionados.

Una vez Urquiza sobre Oribe, tomado éste entre dos fuegos, no hubo que hesitar: tuvo lugar una capitulación. Las tropas orientales se plegaron a Garzón y las argentinas en parte a Urquiza.

Se reconocieron las deudas de Oribe, como deuda oriental, y Oribe quedó libre de permanecer en el país, sometiéndose a las autoridades constituidas en Montevideo, o de ausentarse.

La primera parte del lance entre los dos grandes caudillos, era un augurio fatal contra Rozas, que preparaba sus huestes para resistir en la provincia de Buenos Aires, creyendo contra la opinión de otros –soldados–, que ese era el plan más estratégico, y no el que sin perjuicio de esa resistencia, aunque de otro modo organizada, se le aconsejaba: invadir Entre Ríos y Corrientes mientras Urquiza invadía la Banda Oriental.

Este plan, que por lo menos tenía que molestar a Urquiza, lo aconsejaba una doble consideración que salta a la vista: sostenía a Oribe, le daba bríos y colocaba a Urquiza en la situación peligrosa de un invasor, al cual se le amenaza su línea de comunicaciones.

Un sacrificio cualquiera de hombres en ese sentido lo imponían, por otra parte, la lealtad y la solidaridad, puesto que Oribe había sido un aliado fiel y que muchas de sus tropas eran tropas de extracción argentina, federales.

Pero Rozas, demostrando en hora solemne y crítica lo que ya hemos adelantado que no era hombre de acción, sino de bufete, un trabajador obstinado, nada de eso hizo; y que lo debió hacer, y que quizá habría sido eficiente lo están diciendo la actitud de las tropas argentinas, que frente a Montevideo se plegaron a Urquiza: una vez que pisaron el territorio argentino de este lado de Entre Ríos se alzaron.

Rozas probaba así que sólo tenia confianza en su gran base política de operaciones, en su pedestal de antaño: el porteñismo, la provincia de Buenos Aires –donde los corazones amedrentados, aleccionados, cansados, transformados no le pertenecían ya, sin embargo, sino por costumbre–, esa segunda faz de la pasión, faz inconsistente que si resiste a una crisis es debido al concurso de circunstancias inesperadas. Rozas, probaba además, con esa actitud casi pasiva, que la guerra no es amontonar hombres armados, que para él Buenos Aires era todo y la nación poca cosa o nada; y Dios solo sabe si esa pasividad no era falta de ánimo, fuesen cuales fuesen los quilates de su voluntad avasalladora, desde que es una peculiaridad observada que los bríos suelen crecer, para algunos corazones sin temple heroico, aunque no sean medrosos, en razón directa del número que los rodea.

Sea de ello lo que fuere, el hecho es que desde que Urquiza libertó a Montevideo, venciendo a Oribe sin disparar un tiro, algo así como una inquietud paralela comenzó a trabajar el ánimo del caudillo, libertador en perspectiva, enemigo sólo de Rozas, según sus declaraciones tan solemnes, y el alma de los emigrados, que lo habían movido y que lo acompañaban, representando con la espada y con la pluma las aspiraciones de todo el que había padecido bajo la férula del dictador omnipotente, o en la expatriación.

Provenía esa inquietud del contacto mutuo. O en otros términos, de lo que uno y otros debían tener *in pectore*. El roce es enseñanza e instrucción. Los emigrados veían en Urquiza un instrumento; Urquiza veía en los emigrados un agente. Urquiza, por su substancia espiritual no podía saber bien sino una cosa: tengo que vencer a Rozas; los emigrados no podían desconocer que su instrumento estaba empedernido, por una vida que había sido perpetuo menosprecio por todo lo que se traduce en un derecho que respetar. Y si por un momento lo desconocieron al partir, a poco andar tenían que guiñarse el ojo, como Kleber, con alguno de sus camaradas, oyendo a Napoleón en Egipto hablar de libertad.

Por otro lado, y esto no podía dejar de ser sintomático, los federales de Urquiza se entendían mejor con los federales de Rozas, aunque éstos fueran ahora de grado o por fuerza contra el patrón principal. Iban contra él, está bien; pero su vocabulario era el mismo de antes, como tenía que serlo, y lo era el de los emigrados, cuando hablaban entre ellos.

Y no se nos diga que el vocabulario no es reflejo de lo íntimo; porque entonces resultaría que las emociones no tienen signos representativos en el lenguaje. Puede éste ser pobre o rico; pero la lengua que hablamos somos nosotros mismos, y nos transparenta, ni más ni menos que el gesto, el ademán; lo modales manifiestan unas veces nuestra extracción, otras nuestro yo interno y siempre las impresiones que nos dominan; en la cara hay una gama de afectos, de simpatías, de repulsiones, de odios almacenados, espontáneos o vívidos, naturales o adquiridos.

En una palabra, emigrados y urquicistas (federales de Urquiza o de Rozas con Urquiza), eran polos opuestos o, mejor dicho, entidades con polaridad distinta.

Capítulo XXI

Dianas y fusilazos. – ¿Qué significaban las detonaciones? –
Opresión. – Le roi est mort, vive le roi; ¡viva Rozas! ¡viva Urquiza!
– Se organiza un gobierno provisorio en Buenos Aires. – Era calcu-
lado; podía satisfacer, sin embargo, dadas las circunstancias, ¿por
qué? – No podía dados los antecedentes. – ¿Urquiza era consecuen-
te con sus declaraciones, sincero? – Sospechas en uno y otro campo.
– Efecto inesperado de las revoluciones. – Una imposibilidad moral.
– Urquiza irreductible. – El medio ambiente. –Transformación tar-
día. – Torpezas e imprudencias de Urquiza. – Ironías; lo que vino
era inevitable. – Revolución popular del 11 de septiembre. – Cada
cual por su lado. – Se reúne un Congreso. – Modus vivendi de los
principios con el caudillaje. – Urquiza se casa; 700 casamientos
más.

Entre las dianas de victoria, vibrando aún los estampidos del ca-
ñón de Caseros, se oían en el centro de la ciudad de Buenos Aires, estando ya Rozas en la rada, a bordo del barco inglés que debía llevarlo a morir en el extranjero, detonaciones de fusilazos inexplicables,
que instintivamente turbaban esa alegría mezclada, consecuencia natural de todo grande acontecimiento que liberta a unos sin oprimir a
otros...

En tales momentos parece haber como una cierta parálisis en éstos y un exceso de actividad en aquéllos; todos ven y todos dudan; es
un estado que puede compararse al de una alucinación; una semicon-
ciencia de las emociones complejas que afectan el alma social, *whet-*
her by obsession or possession I will not determine, como dice Burton.

¿Qué eran esas detonaciones?

Un desmentido y una notificación.

¡Chilabert y otros prisioneros eran fusilados por la espalda!

Urquiza se había instalado en la misma mansión de Rozas, y antes de hacer su entrada triunfal en la metrópoli tradicional, cuna y asiento de la dictadura, ya hacía presentir, desde Palermo, lo que sucedería.

Todo el mundo experimentó una opresión infinita. Y si Rozas vio los fogonazos desde el *Conflict*, quién sabe si no pensó: "ya veréis si no tenía yo razón de temerle".

"Perdón y olvido", había proclamado Urquiza, y aunque el sacrificio de Chilabert y otros fuera la negación cruelmente significativa de tan bellas palabras, todo Buenos Aires, el mismo que pocas horas antes vitoreaba a Rozas, fue a Palermo el 5 de febrero a rendirle pleito homenaje al vencedor, manifestando igual estrepitoso entusiasmo que cuando el vencido era aclamado "Jefe supremo". Los pueblos deliran en ciertos momentos; lo difícil es determinar la línea divisoria entre la adhesión ostensible y la verdadera, entre la sinceridad y el miedo.

Se organizó un gobierno local provisorio, con hombres mixtos, entre ellos el doctor don Valentín Alsina, la flor y la nata del unitarismo, personaje honesto e ilustrado.

Ese gobierno era *calculado* ; el único hombre que podía ser una resistencia para Urquiza, se encarnaba en Alsina, yerno del doctor Maza, de trágico fin.

El gobernador, doctor don Vicente López, que no emigró, y los otros ministros, tenían la corteza más dura que la masa.

En un momento de expectativa, un gobierno así, con plasticidad por un lado y concomitancias por otro con los derrotados, podía si no satisfacer a todo el mundo, ser como una transición aceptable entre Rozas y la dictadura del que había dado en tierra con la tiranía.

Pero teniendo en cuenta los antecedentes, los intereses en juego, las afinidades y hasta las mismas rivalidades entre los unitarios que no habían emigrado y los emigrados, semejante gobierno sólo podía servir para lo que se había excogitado por los sicofantes al decretarlo; es decir, para ceder en todo a Urquiza, que rodeado de una gran parte selecta de los vencidos, oyéndolos, lo que era natural, teniendo como tenían idéntica filiación, hacía presentir que el país se constituiría sin más cambio radical que la eliminación de Rozas.

El nuevo dictador, por la espada, era en esto consecuente con lo que decía su Manifiesto de 1º de mayo: "La guerra es contra Rozas: vamos todos a organizar la República".

¿Era sincero en esto? Creemos que sí.

Un hecho lo estaba probando –Rozas navegaba para el otro mundo por activa y por pasiva; y "la organización" era una promesa–, si bien con esta perspectiva: cualquiera que sea la constitución que se dicte, el futuro presidente de la nación será Urquiza.

Y como este caudillo no era Enrique IV, en uno y otro campo se sospechaba con inquietud, que el "bien vale París una misa" contenido en sus declaraciones al sublevarse, o sea su conversión espiritual, no había pasado de la epidermis; lo que significa tanto como decir que todos los hombres de buena fe, capaces de reflexionar, la masa desinteresada, sea cual sea su color, esa falange que se recluta, entre los que consienten lo mismo que entre los que asienten, así entre los que han sostenido un régimen, como entre los que lo han combatido, movía la cabeza con tristeza murmurando *in peto* : no hemos hecho sino cambiar de amo.

Las revoluciones, los sacudimientos populares, las conmociones sociales, todo lo que de improviso cambia la faz de las cosas, aunque en su posibilidad se haya pensado, producen un efecto inesperado, así en los que caen como en los que suben; unos y otros se sorprenden de no haber perecido en el cataclismo, de verse ilesos; y poco a poco, a medida que el temor de éstos y la zozobra de aquellos van pasando, calmándose las agitaciones, tranquilizándose los ánimos, con el sentido de la realidad que vuelve, recobrada la calma, todo el mundo se sorprende pensando y sintiendo con una conciencia más humana, en que si el padecer de los oprimidos era grande, la satisfacción de los opresores no era tan completa.

Ese efecto es fugitivo. Pero es. Lo que venga dependerá de mil circunstancias inesperadas, casuales, y de hechos preparados por la previsión, calculados en el sentido conservador o reaccionario.

En esas coyunturas, siempre graves, la dificultad principal consiste en encaminar los sucesos. Las revoluciones son como los incendios; es más fácil producirlos que apañarlos.

Era moralmente imposible que una naturaleza refractaria, como la de Urquiza, se hiciera simpática en Buenos Aires. Y mucho menos, comenzando como comenzó, torpemente. Ya veremos más adelante en qué consistieron sus torpezas.

Naturaleza refractaria hemos dicho. El aserto requiere una explicación. Pensamos que el carácter está en vía permanente de evolución, y que entre las causas que pueden modificarlo, es menester poner en primera línea la voluntad. De manera que el hombre puede crearse un carácter y posesionarse de su naturaleza. En este caso, se opera una "transición", que ligando el problema psicológico al problema moral, conduce a esta solución: el deber, para cada cual, consiste en tener un carácter.

Pero esa "transición" depende del medio en que la combatividad tiene su campo de acción. En el *struggle for life,* en la batalla universal, en ese entrevero a que los griegos daban el nombre tan expresivo de la "comilona recíproca de los seres", el fuerte aplasta al débil, la vida multiforme nace y renace entre los horrores de la carnicería, como ha dicho Gastón Deschamps a propósito de un libro de Brunetière.

Urquiza no había tenido medio ambiente propicio para formarse un carácter, en el sentido del deber, aunque fuera bien nacido.

Al contrario, su vida toda de aventuras y de lucha hasta llegar a las puertas de Buenos Aires, no había sido más que una carnicería, su parte la del león; y decimos "carnicería" dándole a esta palabra un doble significado, porque Urquiza fue carnal hasta la médula de los huesos, a veces carnal romántico, y carnicero por estudio y por carrera de caudillo político y militar. En una palabra, y como diría Strauss: "en esa concurrencia vital", él, Urquiza, era el *elegido* para devorar al que durante veinte años había hecho tabla rasa de todo.

Ambos se transformaron, tarde ya, en uno y en otro sentido; el tirano, ante el espectáculo de otro mundo; su cómplice, en el seno del hogar; muriendo el uno como buen católico y el otro sin confesión; éste en medio de la desesperación de los suyos, aquél en medio de los consuelos filiales.

Traidor y libertador, el que había matado a hierro a hierro muere, son sarcasmos del destino; tirano y expatriado, el que a tantos había oprimido condenándolos al ostracismo, expatriado muere: ¡el dedo de Dios!

Decíamos que Urquiza había cometido torpezas. ¿Cuáles fueron?

Cosas de poco monto, pensaréis después de que las hayamos mencionado. Pero sin desconocer que en otras circunstancias no habrían tenido mayor importancia, en ésta tenemos que recordar lo tan sabido: pequeñas causas producen grandes efectos.

Urquiza entró triunfalmente en Buenos Aires, el día en que se cantaba un *Tedéum,* de uniforme militar y *sombrero de copa alta* ; y, prevenido contra las damas porteñas que le arrojaban flores, saludaba todo mohíno, de mal humor.

Urquiza no se rodeó en Palermo de su familia ¡altro! no la tenía, no era casado, se casó después; sus hijos fueron legitimados por subsiguiente matrimonio los unos, y los otros por ley rescripto del Congreso del Paraná.

Urquiza perdió una carrera, es decir, que un caballo entrerriano, corrido por un gaucho entrerriano, fue vencido por un caballo porteño corrido por un gaucho porteño.

Puerilidades históricas, exclamará algún *esprit fort.* ¡Y qué queréis! Luis XIV sin peluca no habría parecido el gran rey; ni Pitt, en camisa y calzoncillos, habría impresionado a los que de antemano sabían que su actitud y sus modales y toda la *mise en scène,* de que se rodeaba para recibir, exigían el más profundo respeto por lo que representaba e investía.

En el orden político Urquiza no fue ya torpe.

Fue imprudente; mal aconsejado, fulminó anatemas contra *Los Debates,* de Mitre, *El Progreso, La Avispa* y el Padre Castañeda, repitiendo las frases estereotipadas: que del "abuso de la prensa nace la anarquía" y de la "licencia desenfrenada el despotismo".

¡Ironías! Y todo esto lo suscribe un libertador que usa cintillo colorado en el sombrero, cintillo como el de Rozas, aunque con otros lemas menos sugestivos de sangre, que quiere que sus partidarios lo usen, a punto que por no usarlo, Sarmiento [18] y otros emigran *in continenti* ; que pierde unas elecciones populares y se sulfura, y que, temiendo el mismo resultado en las otras provincias, si deja libertad, imagina y convoca un areópago de gobernadores, los mismos de Rozas, para de acuerdo con ellos hacer un Congreso constituyente.

Lo que vino tenía que venir y vino: se llama el 11 de septiembre.

Urquiza había derrocado a Rozas con emigrados y federales; federales y emigrados expulsarán a Urquiza de Buenos Aires. Y esa revolución fue eminentemente popular y porteña, si no por el número, porque estaba en las almas. Dos sentimientos coincidían: los emigrados, los unitarios; los federales, los que habían sostenido a Rozas: aquéllos desengañados, éstos vengándose a su vez.

Pretender que la psicología y la razón no formen un *substratum* es exigirle a la naturaleza humana que cambie su substancia.

Hubo, como se comprende, porteños y federales, unitarios y emigrados que se fueron del lado de Urquiza, y viceversa, provincianos del mismo linaje político que optaron por la causa que Buenos Aires representaba; de uno y otro lado había halagos, cálculos de egoísmos, rivalidades en el destierro y el favor de las regalías de Urquiza.

Que eso no hubiera acontecido habría sido excepcional, pues el país entraba en una nueva era de guerra civil; todos, sin embargo, de acuerdo en cuanto que la hora de dictar una Constitución había llegado. El mismo Urquiza no podía volver atrás en ese orden de ideas.

Un Congreso se reunió; en honor de la verdad no deliberó coartado. La Constitución se dictó, se promulgó y un gobierno se estableció en el Paraná, declarando a la provincia de Entre Ríos (toda la provincia) territorio federalizado: ya esto mismo habían intentado los unitarios de Rivadavia; después se volvería a intentar (esa es la lógica de los partidos). Pero en este caso la federalización no respondía a mi-

---

18   Sarmiento se fue a Río de Janeiro, resuelto a pasar a Chile para de allí conspirar contra Urquiza.

ras altamente políticas, no; era una concesión, un homenaje, un *modus vivendi,* todo ello porque Urquiza, electo presidente, no entendía, ni podía entender, que por haber derrocado a Rozas, siendo ÉL el libertador, dejaba de ser el señor feudal de Entre Ríos, más que Rozas en Buenos Aires. Opresores fueron ambos; pero la influencia de Urquiza en sus dominios fue más personal, más directa que la de Rozas, a punto que cuando después de Caseros regularizó su estado civil casándose católicamente, más de setecientos casamientos se siguieron, de familias bien constituidas socialmente aunque sin intervención de la Iglesia; curioso, de esa Iglesia que todos los caudillos, mandaran o no fusilar sacerdotes, sólo respetaban hasta por ahí, juzgando y rejurando, sin embargo, que eran los más fieles sostenedores de la Religión. Hasta esa bandera suplementaria le brindó Rivadavia a la ignorancia y al atraso, declarando la libertad de cultos, que nadie reclamaba, y cuya libertad tenía que ser entendida como un ataque a lo existente.

Esos setecientos casamientos dan margen para un estudio grave. Entre Ríos no puede decirse que en aquel momento fuera una sociedad corrompida. Nada de eso. Urquiza mismo, desde el punto de la moralidad, se había convertido, y si el robo no existía casi –Urquiza hacía degollar por el robo de una sandía–, la criminalidad en otro sentido era seria; si se robaba poco, también poco se tomaba en cuenta la vida. Pero las relaciones de la religión con la conducta social de cada individuo eran casi nulas. El Paraná, por razones históricas de vecindad con Santa Fe, constituía una excepción. De ahí lo que llamaremos un problema psicosociológico, o sea influencia de las creencias religiosas no sólo sobre la moralidad legal de los individuos sino sobre su moralidad social.

Capítulo XXII

Se conspira en todas partes. – Dos pedazos de nación. – Las 13 provincias y Buenos Aires. – Perturbación del ideal patrio. – Sofistas. – El país no retrocede. – Pero la unidad nacional está en peligro. – Hay separatistas de ambos lados. – Una fuerza centrípeta. – La nación se salva. – La Constitución atavío caro. – El progreso, ley de los tiempos. – Transformación argentina; selección antropológica. – País rico, mas no hay que alucinarse. – Con qué se ha de gobernar. – La obra de Urquiza. – ¿Dónde está la obra de Rozas? – En el fin de la vida está la prueba. – El crimen de uno y otro. – El pueblo no quería la tiranía. – Fenómeno moral. – Una clave – Buena fe popular. – Lo que podrá decirse de este libro.

Buenos Aires no concurre al Congreso constituyente de Santa Fe. Mientras el Congreso delibera, el Director provisorio conspira en la provincia de Buenos Aires.

Hay revoluciones, invasiones; en Buenos Aires Urquiza ayuda a los federales que, después del 12 de septiembre, no han podido prevalecer contra los emigrados. Y los unitarios y el gobierno de Buenos Aires conspiran contra Urquiza en Entre Ríos, hasta lo invaden; porque allí como en Buenos Aires; como en todas partes, si la tiranía había puesto duro freno a las lenguas, no había catequizado todos los corazones. Las almas protestaban resignadas, en silencio, esperando la hora.

No era el año 20. Pero se había vuelto a él. La nación eran dos pedazos, dos cuasi patrias, con dos gobiernos, con dos agentes de revoluciones, de conspiraciones, de propaganda, de soborno; con dos legislaciones políticas, fiscales, nacionales e internacionales.

El gobierno de las trece provincias, o sea la confederación de Urquiza, presidente, y el Estado de Buenos Aires, con Obligado y otros, hasta Mitre.

Las dos entidades buscaban el concurso externo moral o material.

La Confederación hasta celebra tratados con el Paraguay, reconociéndole como límite sur la margen izquierda del río Bermejo (!).

Es la compensación de armas y de hombres que el Paraguay debe movilizar en alianza con Urquiza contra Buenos Aires.

¡Y Buenos Aires está a punto, para defenderse, de declarar su independencia!

La noción abstracta, el ideal de patria grande dentro de los límites grandes también, esa cosa santa, sagrada, con raíces naturales, históricas y místicas, se va así perturbando poco a poco. Y como no faltan sofistas, hay quien dice: la Suiza es libre y no es más grande que una provincia argentina; otros citan la Bélgica.

No puede decirse que el país en general retrocede. Lo arbitrario ha desaparecido en gran parte, algo mejor se respira, excepto en Entre Ríos la tierra clásica del "libertador".

Al contrario, Buenos Aires particularmente progresa a pesar de la guerra de tarifas que le hace la confederación, guerra que, por otra parte, improvisa emporios de nueva riqueza. Y a ese progreso contribuye una causa externa, la guerra de Crimea, que hace subir el precio de los ganados y de la propiedad. Si ese hecho se hubiera anticipado, Rozas quizá no cae. A pesar suyo el país se habría enriquecido. Y lo fortuito habría atribuido a la sabiduría de S. E. y a la excelencia de la dictadura.

Pero la nación, la unidad de la tierra de Mayo está en peligro, socavándolo un trabajo sordo de desintegración.

Porque dígase cuanto se quiera, de uno y otro lado hay individualistas, separatistas. Tan los hay que en el Paraná las obras de Calhoun, el gran precursor de la guerra de secesión norteamericana, andan de mano en mano entre los estadistas, los cuales les dan la lección a los tinterillos.

En Buenos Aires el porteñismo egoísta, estrecho y mezquino,

coincide con aquellas tendencias antipáticas. Pero el patriotismo es una fuerza centrípeta anónima, y la nación, si no se salva del todo en Pavón, concluye con el caudillaje, aunque en Salta, a poco andar paseen en burro afrentándolo al mayor Alfaro, lo mismo que en los tiempos *soit–disant* patriarcales de López, pasearon al doctor Seguí; y el 80, año de reintegración definitiva, acaba con el localismo, venciendo las resistencias de Buenos Aires, a ser lo que el Congreso de Santa Fe estatuía: la capital de la República.

Teóricamente es un error, como teóricamente es un error el plan orgánico de la Constitución argentina, centralista diciéndose federal, y en cuanto puede ser comparada a un atavío costoso y difícil de llevar por no estar suficientemente preparado para ello, quién lo paga: el pueblo.

El mal está hecho. Las enmiendas son más cuestión de buen gobierno que de reformas capitales. El país no puede volver atrás; irá en progreso en todos sentidos, cada gobierno será mejor que el de su antecesor, aun errando; el progreso, lo repetimos, no es accidente, es una necesidad; combatirlo sería querer suprimir la luz solar. Pero cuidado con él, que así como la ciencia no basta para hacernos felices, el progreso en sí mismo no es la educación que fortifica las creencias y la fe. Es una ley de los tiempos, como lo fueron la invasión de los bárbaros, las cruzadas. Todo progresa, hasta el Africa, que hace cincuenta años era un misterio.

Y la enseñanza y la filosofía que en estas páginas se contienen, es que la libertad debe ser desconfiada. Y este aforismo, que, como el oro, contiene su insenescencia, deben recordarlo constantemente los ciudadanos libres de aquellos países que alguna vez hayan pagado doloroso tributo a los gobiernos de fuerza; a esos gobiernos, tan contradictorios, en casi todos sus efectos, como las revoluciones que después de asesinar frailes tienen que ver adoradas en sus catedrales, en vez de vírgenes, a las prostitutas.

Un pueblo jamás debe depositar la suma del poder público en hombre alguno: es decretar la opresión, aunque, ese hombre sea representativo, como Rozas, genuino intérprete de cierto estado de alma de la opinión popular en su momento. Porque ese hombre, creyendo como la madre de Rozas al testar, que su voluntad es superior al derecho, aun queriendo el bien hará el mal, favorecerá a éstos con detrimento de aquéllos.

El pueblo argentino no está en esa senda. Su transformación es patente. La mezcla de razas nos da un producto selecto. Vamos adelante. Que no nos alucine, sin embargo, la riqueza natural del suelo. Hay muchos suelos inhabitados riquísimos, que invitan al hombre civilizado a trasladarse a ellos con sus lares y sus penates.

No bastará, pues, que nos gobiernen con letra de la Constitución. La grandeza, la prosperidad, el poderío están en su espíritu. El que lo olvide pasará como un insignificante en la historia, o como un miope de lo que es la dirección positiva de la sociedad, o como una calamidad, como Rozas, que no entendía que la suma de la confianza pública que en él se depositaba, era para realizar el bien común.

Y así, y sólo así se explica que Urquiza lo derrocara; Urquiza, que cualitativamente valía menos que él, que pesando junto con él en una balanza hidrostática no la habría hecho gravitar en favor. Y así y sólo así se explica también que Urquiza pase a la posteridad aclamado como libertador y Rozas execrado.

Cuando se piensa en la obra de Pedro el Grande y de Catalina de Rusia, en la de Isabel de Inglaterra, en la de Luis XI, en la de Richelieu, en la de Bismarck, nadie se detiene a examinar prolijamente los medios, sus infidencias, sus crueldades, sus brutalidades: la obra grande, duradera, colosal está ahí; es su excusa ante la moral y la humanidad.

Por eso Urquiza con todas sus deficiencias, con todos sus crímenes, con toda su barbarie es un grande hombre: produjo efectos trascendentales, siendo su obra la caída del tirano.

¿Pero dónde está la obra de Rozas?

Estará próxima o lejana la hora en que los racionalistas radicales vean realizado lo que, se llama el triunfo de la *catolicidad científica* avanzada, sobre la *catolicidad de la Iglesia* retardataria, lo cual nos parece, hablando científicamente también, contrario a las leyes de la evolución; leyes que enseñan que ni la naturaleza, ni la sociedad, proceden a saltos, ni rompiendo por completo con el pasado; que las revoluciones no operan sino sobre la superficie y que es sólo en las profundidades donde se producen las verdaderas transformaciones lentas, graduales, insensibles, o sea, el paso de lo homogéneo a lo heterogéneo, diferenciación creciente y no regresión a la unidad.

Las mentiras convencionales, "esas mentiras que no son más que las *contradicciones tradicionales* entre lo que sobrevive del pasado, las transformaciones del presente y las aspiraciones del porvenir"; nuevas hipótesis, nuevas teorías sobre arte y ciencia, sobre la religión y moral, el empirismo y el diletantismo, la falacia filosófica y de secta, todo eso alimentado por la lucha entre los hombres y los intereses, el conflicto entre las ideas y las opiniones, y la batalla entre lo temporal y lo espiritual; en una palabra, todo, todo cuanto contribuye a aumentar los "inmensos archivos de la mentira", irá haciendo más difícil que se conteste satisfactoriamente a esta pregunta: ¿qué es la verdad? contestando los escépticos, "es lo que se consigue hacer creer", y el sano criterio que la verdad histórica no es una cosa quimérica; que unas veces se la puede alcanzar aproximadamente y otras con precisión.

Mas a la altura en que nos hallamos, todos los grandes políticos y estadistas reflexivos, ponderados, están conforme sobre un punto, a saber: que la dictadura, el despotismo, la tiranía, si bien pueden ser excepcionalmente un medio, jamás deben de ser un fin.

Por consiguiente, resumiendo y para terminar, el crimen de Rozas, lo repetimos, no han sido sus actos materiales durante larguísimos años de gobierno absoluto. No. Su crimen consiste en lo estéril de los efectos de su acción; en el *nihilismo,* diremos así, de su obra negativa, que termina con una derrota en gran batalla campal, casi incruenta, dejándole a su cómplice en la tiranía, la gloria imperecedera del triunfo, la realización del fin: reorganizar y constituir lo que él creía condenado a perpetua guerra civil, la Nación; y si no lo creía, su incapacidad.

Sus restos yacen y yacerán en extranjera playa y no podemos decir, queriendo ser indulgentes con él, que ni siquiera en el destierro fue altivo. No. Aceptó la limosna del traidor que dio en tierra con él fallando en esto una de las particularidades del atavismo que en otros casos se había manifestado. Si en el fin de la vida está la prueba, sólo con este acto, Rozas probó que no por haber gobernado dictatorialmente veinte años, era el hombre que reclamaban las circunstancias cuando ciertas influencias sociales lo llevaron al gobierno. Sí: no lo era, porque si esas circunstancias provenían de corrientes populares mal dirigidas, gobernar habría sido resistirlas, encaminarlas sabiamente, en vez de precipitarlas del lado de las tendencias gauchescas. Mas para ello se necesitaba un hombre que supiera morir en el campo de batalla o de hambre, salvando así íntegra su personalidad, que como se ve no resulta fuerte, prepotente e infalible sino en la prosperidad.

La parte de error, en todo sentido, de sus adversarios, lo que hemos llamado su crimen, puede hallar y debe hallar atenuaciones; ¡con que puede hallarla hasta la actitud de la masa que apoyó la dictadura!

Pero el crimen de Rozas veinte años de facultades extraordinarias para no hacer sino guerrear y guerrear en casa propia, o en la del vecino, ¿ante qué tribunal histórico puede hallar justificación?

Conocemos el argumento de todos los que han servido un régimen retardatario; "no le dieron tiempo sus enemigos". "El país lo acompañaba".

Lo primero es discutible; lo segundo no queremos discutirlo. Hemos afirmado en el comienzo que Rozas no estaba solo, que tenía pueblo a la espalda. ¿Pero por ventura ese pueblo quería la tiranía?

Todo el problema social y político está ahí. Y nuestro veredicto final es: que Rozas burló la expectativa nacional, que su gobierno fue la impostura en la tiranía.

De ahí que muchos hombres de talento y de saber, mansos y honrados, que le sobreviven, se estén preguntando ahora: ¿Cómo pudimos servirlo sinceramente? o que no puedan contestar satisfactoriamente cuando se les pregunta: ¿Por qué sirvió usted a Rozas?

Fenómeno digno de estudio, que tiene su paralelo en este otro: hay hombres que no saben cuál era su estado verdadero de alma en tiempo de Rozas; los hemos interrogado, son incapaces de no decir la verdad.

Viejos ya, aspirando las brisas higiénicas de otras ideas, sintiéndose autónomos, iguales ante la ley, individualmente fuertes, libres, temiéndole sólo a Dios, esos hombres se dan cuenta cabal, ahora, de sus impresiones, con la misma exactitud con que podemos contar nuestras pulsaciones. Son una clave. Oyéndolos se aprende a ser indulgente con el pueblo, que hasta cuando sostiene a los demagogos o a los tiranos, está siempre de buena fe. En medio de sus desalientos, de sus contradicciones, de sus cobardías, si su anhelo material es mejorar de condición, su anhelo moral es la felicidad.

Esos dos anhelos son un ideal, que la multitud no discute, vive según ellos, y en ellos cree, como en una verdad inmutable, eterna; y su razón de ser estriba en que los hombres, tomados individualmente, persiguen todos con una conciencia más o menos confusa, otro ideal: la belleza, el derecho; objetivamente; el bienestar material, subjetivamente la felicidad.

No habrá animación en el cuadro, se destacarán en él menos personajes de los que la avidez contemporánea deseara, el encadenamiento de los sucesos no será estricto, no se verán bien los motivos que inducían a los unos y a los otros, habrá parcialidad, severidad, injusticia, donde otra cosa exige la historia, aunque esto dependa del modo de ver y del sentido moral de cada cual. Pero lo que nos parece fuera de duda, es que no padecemos de fetichismo de partido, ni en uno ni en otro sentido, y que hemos tenido la franqueza de no ocultar ninguno de nuestros juicios sobre los hombres y sus acciones. No es culpa nuestra si algo glorioso resulta empañado por los hechos. ¡Los sucesos pueden tanto! Cada cual es de su tiempo. Cincuenta años más o menos, deciden de una vida. Rozas no podría volver a ser, ni Washington tampoco.

En conclusión: serán algunas de nuestras teorías más o menos antojadizas, erróneo nuestro criterio filosófico; no resultará sensible la relación natural de causa a efecto; habremos justificado a éstos sin intención y procesado aquéllos sin querer; no habremos demostrado que todos se han contradicho, que el *processus* ha sido incoherente; resultará que creyendo no tener preocupaciones estamos saturados de ellas; finalmente, podrá decirse: he ahí un libro que nada nuevo contiene. ¿Qué le hemos de hacer? [19]

19 Esperamos, no obstante, que los menos indulgentes convendrán en que es un libro de buena fe y en que si contiene alguna ligera inexactitud es involuntaria. Habríamos podido escribirlo, una parte al menos, hace treinta y cinco años; habría sido exponernos a que se dudara de nuestra sinceridad, y lo que es peor, a que se nos acusara de cobardía.
Al buen entendedor, pocas palabras.

Nota Final

Para inteligencia de los que leyeren este ensayo con la mira de completarlo, o de explicárselo mejor, habrá que consultar en libros de historia americana los puntos enumerados en este Prontuario. Los historiadores argentinos son el deán Funes, Mitre, Vicente F. López, Luis L. Domínguez, Angel J. Carranza, Manuel Bilbao, Adolfo Saldías, Pelliza y otros como Lamarca y Fregeiro, autores de manuales, y José Manuel Estrada sobre los jesuitas en el Paraguay. Asimismo recomendamos el instructivo y curioso libro de Daniel Granada, *Supersticiones del Río de la Plata* , las obras del doctor Ramos Mejía sobre patología psicológica y diversos escritos de Quesada padre e hijo, y de don Andrés Lamas, aunque algunos como Bilbao y Granada, no sean, propiamente hablando, escritores argentinos, sino el uno chileno, casado con una sobrina de Rozas, y el otro español.

Prontuario cronológico

I.   Don Pedro Mendoza, primer adelantado. – Fundación de Buenos Aires y de la Asunción. – Ayolas e Irala. – Divisiones entre los colonos.

II.   Don Gonzalo Mendoza. – Vergara. – Zárate. – Torres de Vera. – Saavedra. – Garay. – Fundación de Santiago del Estero, de Tucumán, de Santa Fe, de Córdoba.

III. Los jesuitas y las misiones.

IV.   Separación del gobierno de Buenos Aires del virreinato del Perú. – Zeballos, primer virrey de Buenos Aires. – Su hábil administración. – Prosperidad de Buenos Aires.

V.   El marqués de Loreto. – Arredondo. – Comercio del Río de la Plata a fines del siglo diez y ocho. – Belgrano. – Junta de Gobierno. – Melo. - Avilés. – Don Juan del Pino. – Estado del virreinato al principio del siglo diez y nueve. – Población e industria. – Cría del ganado.

VI.   Sobremonte. – Aparición de los ingleses en el Río de la Plata. – Pueyrredón y Liniers. – Los ingleses ocupan a Buenos Aires. – Liniers los expulsa.

VII. Liniers reemplaza a Sobremonte. – Se organizan las milicias. – Nueva expedición inglesa. – Toman a Montevideo. – Whitelocke. – Expedición contra Buenos Aires. – Combate de Miserere. – El Alcalde Alzaga. – Defensa heroica de Buenos Aires. – Derrota de los ingleses. – Tienen que evacuar el Río de la Plata.

VIII. Los patriotas procuran aprovechar de la situación de España con la mira de libertar el país. – Patriotas y criollos. – Antagonismo entre Buenos Aires y Montevideo. – Elío. – Movimiento reaccionario en Buenos Aires intentado por Alzaga.

IX.   Cisneros restablece la autoridad legal en todo el virreinato. – Abre las puertas al comercio inglés. – Consecuencias de esta medida.

X.   Revolución del 25 de Mayo. – Caída del gobierno español. – Se nombra una Junta de Gobierno. – Belgrano, Saavedra, Castelli. – Junta de Buenos Aires. – Sus esfuerzos por propagar la revolución. – Moreno. – Guerra de la Independencia. – Expedición contra Córdoba. – Fin de Liniers. – Las provincias del norte libertadas. – Combate de Tupiza. – Bloqueo a Buenos Aires por la marina española de Montevideo. – Intervención inglesa.

XI.   Expedición contra el Paraguay. – Belgrano. – Situación del país paraguayo al estallar la revolución. – Combates de Paraguay y de Tacuarí. – Capitulación de Tacuarí.

XII.   Rivalidades entre Saavedra y Moreno. – Muerte de éste. – Revolución del 6 de Abril. –Divisiones entre los patriotas. – Unitarios y federales. – Llegada de Elío a Montevideo en calidad de virrey. – La junta no lo reconoce.

XIII.   Artigas. – Primer triunvirato. – San Martín y Alvear. – Constitución de 1811. – Conspiración de Alzaga. – Su fin. – Belgrano en el ejército del norte. – Victoria de Tucumán.

XIV.   Segundo triunvirato. – Rodríguez Peña. – Paso y Alvarez Jonte. – Asamblea constituyente de 1813. – Reformas administrativas. – Victoria de Salta. – Desastre de Vilcapujio y Ayohuma. – España piensa en reconquistar sus colonias, después de la caída de Napoleón. – Preparativos de resistencia. – Logia masónica. – Rivalidad entre Alvear y San Martín. – Belgrano reemplazado en el norte por éste.

XV.   Abolición del triunvirato. – Posadas, director de las Provincias Unidas. – Congreso Oriental.– Instigado por Artigas el Uruguay se declara independiente. – Escuadra Argentina. – Brown. – Derrota de la escuadra española. – Toma de Martín

García. – Capitulación de Montevideo. – Chile. – San Martín. – Los españoles en el Perú. – Movimiento reaccionario en Buenos Aires y tentativas por monarquizar el Río de la Plata. – Guerra civil en el Uruguay. – Artigas. – Dimisión de Posadas.

XVI.   Alvear, director. – Entrega de Montevideo a Artigas por Alvear. – Rondeau reemplaza a Alvear. – Progreso de las ideas de federación. – Congreso de Tucumán. – Proclámase la independencia de las Provincias Unidas del Río de la Plata. – Desorganización general. – Pueyrredón director supremo.

XVII.   Invasión brasileña al Estado Oriental. – Derrota de Artigas. – San Martín entra en Chile. – Chacabuco y Maipú. – Agitación federalista. – Ramírez, López, Carreras. – Se proclama una nueva Constitución por el Congreso reunido en Buenos Aires. – Dimisión de Pueyrredón.

XVIII. Rondeau director. – Progreso del federalismo. – La municipalidad de Buenos Aires asume el mando supremo. – Unitarios y federales. – Pacto de unión, llamado Tratado cuadrilátero, entre Provincias de Buenos Aires, Santa Fe, Entre–Ríos y Corrientes. – Trágico fin de Ramírez y Carreras. – San Martín desembarca en el Perú. – Toma de Lima. – Los patriotas de Caracas y de Bogotá. – San Martín y Bolívar. – Disturbios en Buenos Aires. – Las milicias de campaña. – Rozas en escena. – Rivadavia. – Su acción gubernativa como ministro. – Los portugueses derrotados en la Banda Oriental. Gobierno provisorio; proclama la independencia del país y hace acto de adhesión al gobierno central de Buenos Aires. – Congreso general constituyente. – Ley fundamental de 1825. – Rivadavia presidente. – Anexión de la Banda Oriental.

XIX.   Guerra con el Brasil. – Tratado que consagra la independencia del Uruguay. – Rivadavia renuncia. – Dorrego. – Convención de Santa Fe. – Rozas. – Es nombrado comandante general de milicias. – Quiroga. – Regreso del ejército argentino del Uruguay. – Declara caducas todas las autoridades. – Proclamación de Lavalle. – Rozas ayuda a Dorrego. – Dorrego derrotado; su fusilamiento. – Rozas jefe de la legalidad. – Alianza con López, de Santa Fe y con Quiroga, de La Rioja. – Cuestiones de Lavalle con la Francia. – Abandona el mando. – Rozas, gobernador y capitán general de la provincia de Buenos Aires. – Convención de Santa Fe. – Alianza de las provincias litorales a que adhiere Quiroga. – Los unitarios y el general Paz son derrotados. – Administración de Rozas. – Es reelegido. – Renuncia. – Expedición contra los indios Pampas. – Reacción contra Rozas. – Caída de Balcarce. – Ley del 7 de Marzo de 1835 nombrando a Rozas *dictador*.

Thank you for acquiring

Rozas – Ensayo Histórico – Psicológico

This book is part of the
Stockcero Latin American Studies Library Program.
It was brought back to print following the request of at least one hundred interested readers –many belonging to the North American teaching community– who seek a better insight on the culture roots of Hispanic America.

To complete the full circle and get a better understanding about the actual needs of our readers, we would appreciate if you could be so kind as to spare some time and register your purchase at:
http://www.stockcero.com/bookregister.htm

The Stockcero Mission:
To enhance the understanding of Latin American issues in North America, while promoting the role of books as culture vectors

The Stockcero Latin American Studies Library Goal:
To bring back into print those books that the Teaching Community considers necessary for an in depth understanding of the Latin American societies and their culture, with special emphasis on history, economy, politics and literature.

Program mechanics:
- Publishing priorities are assigned through a ranking system, based on the number of nominations received by each title listed in our databases
- Registered Users may nominate as many titles as they consider fit
- Reaching 5 votes the title enters a daily updated ranking list
- Upon reaching the 100 votes the title is brought back into print

You may find more information about the Stockcero Programs by visiting www.stockcero.com

www.ingramcontent.com/pod-product-compliance
Lightning Source LLC
Chambersburg PA
CBHW060401030726
47497CB00003B/804